हिन्द पॉकेट बुक्स

साईं बाबा के चमत्कार

सुनीत निगम एक जाने-माने पत्रकार हैं, जिन्होंने अमर उजाला, विराट वैभव, हिन्दुस्तान, जागरण आदि प्रमुख समाचार पत्रों में समाचार संपादक के रूप में कई दशकों तक कार्य किया और फिर हिन्दुस्तान समाचार एजेंसी में अपनी सेवाएं दी। आप एक जागरुक पत्रकार होने के साथ-साथ उत्कृष्ट लेखक भी हैं और आपने कई पुस्तकें लिखी हैं। पत्रकारिता एवं लेखन के लिए आपको कई पुरस्कारों से सम्मानित किया जा चुका है।

साईं बाबा के चमत्कार

प्रस्तुति

सुनीत निगम

हिन्द पॉकेट बुक्स
पेंगुइन रैंडम हाउस इम्प्रिंट

हिन्द पॉकेट बुक्स

यूएसए | कैनेडा | यूके | आयरलैंड | ऑस्ट्रेलिया
न्यू ज़ीलैंड | भारत | साउथ अफ्रीका | चीन | सिंगापुर

हिन्द पॉकेट बुक्स, पेंगुइन रैंडम हाउस ग्रुप ऑफ़ कम्पनीज़ का हिस्सा है,
जिसका पता global.penguinrandomhouse.com पर मिलेगा

पेंगुइन रैंडम हाउस इंडिया प्रा. लि.,
चौथी मंजिल, कैपिटल टावर -1, एम जी रोड,
गुड़गांव 122 002, हरियाणा, भारत

पेंगुइन
रैंडम हाउस
इंडिया

प्रथम हिन्दी संस्करण हिन्द पॉकेट बुक्स द्वारा 2013 में प्रकाशित
यह हिन्दी संस्करण हिन्द पॉकेट बुक्स में पेंगुइन रैंडम हाउस द्वारा 2022 में प्रकाशित

10 9 8 7 6 5 4 3 2

ISBN 9789353492861

मुद्रकः रेप्रो इंडिया लिमिटेड

www.penguin.co.in

FSC www.fsc.org MIX Paper from responsible sources FSC® C047271

अनुक्रम

भूमिका

ये वो दर है जहां आस्था और विश्वास को किनारा मिलता है, जहां गरीबों को गुजारा और अमीरों को सहारा मिलता है। ये शिरडी के साईं बाबा का दरबार है। आज से 94 साल पहले ये वजूद में आया, तब से आज तक यह 'श्रद्धा और सबूरी' का मंत्र देता आ रहा है। धर्म की दृष्टि से आदर्श गुरु वह होता है, जो मात्र देना, छोड़ना या त्याग ही जानता है, चाहे वह किसी भी रूप में हो, कुछ पाने की चाहत या अपेक्षा ना करे बल्कि दूसरों के दुख और पीड़ा को अपना बना ले। हर धर्म में अनेक अवतार और धर्मगुरुओं ने दुनिया को इसी तरह दुख और पीड़ाओं से मुक्त किया है, कलयुग में भी एक ऐसे सद्गुरु हुए, जिन पर हर धर्म के लोगों की गहरी श्रद्धा है और वह हैं शिरडी के साईं बाबा।

एक दिव्य बालक शिरडी में नीम वृक्ष के नीचे शिरडी वासियों को दिखाई दिया। कुछ दिन के बाद वो बालक अचानक गायब हुआ और लगभग सात साल बाद सन 1858 में वापस शिरडी में आया। बारात में आये फकीर ने अपने कदम खंडोबा मंदिर की ओर बढ़ाये तो उन्हें 'आओ साईं' के नाम से पहली बार म्हालसापति ने आवाज़ दी और तबसे सफेद लिबास के अवलिया को पूरी दुनिया साईं के नाम से जानने लगी, टूटी फूटी मस्ज़िद यानी द्वारकामाई में बाबा ने अपना जीवन व्यतीत करना शुरू किया।

द्वारका माई में साठ साल तक बाबा ने अनगिनत चमत्कार करके मानव कल्याण की एक अनोखी मिसाल कायम की, ऊंच-नीच, अमीर-गरीब, छूत-अछूत का भेद मिटाकर सभी जाति धर्म के लोगों को अपना बना लिया। साईं के पास आने वाले हर किसी का दर्द दूर होने से साईं की लीला चारों ओर हवा की तरह फैल गयी, एक दो नहीं तो हजारों भक्त रोजाना साईं बाबा के पास हुआ करते थे। मस्ज़िद के बगल में ही बाबा की आज्ञा से बुटी नामक भक्त ने बुटीवाड़े का निर्माण शुरू किया, साईं की देखरेख में बुटीवाड़े की नींव रखी गयी। इसी बुटीवाड़े में भगवान श्रीकृष्ण की मूर्ति स्थापित करने का निर्णय हुआ था

जिसके अनुसार ही बुटीवाड़े का निर्माण किया गया। बाबा ने पहले ही कहा था कि बुटीवाड़े में मैं खुद विराजमान होने वाला हूं, और ठीक उसी तरह 15 अक्टूबर 1918 को बाबा ने मस्ज़िद में दोपहर के लगभग ढाई बजे अपना शरीर अपने भक्त बयाजी पाटील कोते की गोद में त्याग दिया। इसी दौरान साईं ने अपनी भक्त लक्ष्मीबाई शिंदे को नौ विधा भक्ति के तौर पर चांदी के नौ सिक्के प्रदान किए। बाबा ने पहले ही कहा था कि समाधि अवस्था में जाने के बाद बुटीवाड़े में उन्हें रखा जाये। इसी तरह उनके तत्कालीन भक्तों ने बुटीवाड़े में उन्हें रखा। आज इसी बटीवाड़े को हम समाधि मंदिर के नाम से जानते हैं। जिस जगह पर भगवान श्रीकृष्ण विराजमान होने वाले थे, उसी जगह पर साईं बाबा खुद विराजमान हुए। संगमरमर से बनी साईं समाधि के नीचे बाबा के समाधि अवस्था की तारीख मराठी और उर्दू में लिखी हुई है। साईं सत् चरित्र के अनुसार साईं बाबा ने जब समाधि ली तब उनके पास कई सारे भक्त थे लेकिन जब कोई महायोगी समाधिस्थ होता है तब उनके पास मोह माया से बचने के लिये कोई नहीं होता।

इसी वजह से बाबा ने समाधिस्थ होने से पहले अपने सभी भक्तों को भोजन के लिये भेज दिया। समाधिस्थ हुए बाबा ने खुद कहा था जो मेरी समाधि के आगे सच्ची भावना से झुकेगा उससे मेरी हड्डियां बात करेंगी और उसके सभी दुख दर्द दूर होंगे। जो साईं समाधि पर नमन करके अपने आप को झुकाता है, उस इंसान की सभी पीड़ा दूर होती है। इसी वजह से आज करोड़ों भक्त साईं की समाधि पर अपना शीश झुकाते हैं। साईं बाबा ट्रस्ट की ओर से 15 अक्टूबर 2018 को समाधि शताब्दी वर्ष मनाया जायेगा, जिसको लेकर ट्रस्ट और भारत सरकार के बीच सलाह मशविरा शुरू है। साईं को समाधि लिए आज नौ दशक से अधिक का समय हुआ है, फकीर अवस्था में जीवन व्यतीत करने वाले इस महात्यागी को आज भक्तों ने कुबेर बना दिया है। बाबा ने अपने जाति धर्म का कभी उल्लेख नहीं किया और सभी को बस 'सबका मालिक एक' कहते रहे। इसी कारण सभी जाति धर्म के लोग घंटों कतारों में खड़े रहकर साईं समाधि पर झुकते हुए अपने आप को भाग्यशाली मानते हैं।

-सुनीत निगम

शिरडी के साईं बाबा

श्री साईं बाबा के नाम से कोई विरला व्यक्ति ही होगा जो उनसे परिचित न हो। वे कलयुग के महान अवतार थे। उन्होंने किस देश, जाति, धार्मिक परिवार व कुल में जन्म लिया, यह कोई नहीं जानता। उनके पूर्वज कौन थे, उनके पिता व माता कौन थी, यह कोई नहीं जानता।

हेमातपंड ने साईं बाबा से उनके जीवन के विषय में जानने की इच्छा प्रगट की थी, पर उन्हें बाबा जी से कोई जानकारी नहीं मिल सकी। बाबा ने किसी को भी अपने विषय में नहीं बताया था। एक बार जब बाबा म्हालसापति के साथ एकांत में बैठे थे तो उन्होंने अपनी जन्म तिथि बताई। उन्होंने कागज के एक पुर्जे पर बाबा की जन्म तिथि लिख कर रख दी। वह कागज का पुर्जा हेमातपंड के हाथ लग गया। इसी पुर्जे के आधार पर वह बाबा की जीवनी लिखने लगे। पुर्जे के आधार पर बाबा का जन्म 27 सितम्बर 1838 ईस्वी को हुआ था, पर बाबा के जीवन की वास्तविकता को कोई नहीं जानता।

यस्य स्मृत्या च नामोक्तया तपोदानक्रियादिषु।
प्रयत्नस्सफलो भूयात् साई बंदे तमच्युतम॥

आज विश्व भर के विभिन्न धर्मों और सम्प्रदायों के लोग श्री शिरडी साईं बाबा के दिव्य नाम से परिचित हैं। साईं विश्व की महान् आध्यात्मिक विभूति थे। उनका जन्म पथरी ग्राम, महाराष्ट्र में एक ब्राह्मण परिवार में हुआ था, किंतु उनका लालन-पालन एक मुस्लिम परिवार में हुआ। वह शेलू ग्राम के एक ब्राह्मण संत वेकुशा के आश्रम में 1842 से 1854 तक अर्थात् 12 वर्षों तक रहे। इसके बाद गुरु का आदेश और आशीर्वाद प्राप्त कर वह शिरडी ग्राम

पहुंचे। वहां दो माह तक रहने के बाद अचानक एक दिन गायब हो गए। पुनः तीन वर्षों के बाद 1854 में चांदभाई पाटिल (धूप खेड़ा के एक मुस्लिम जागीरदार) के भतीजे की बारात के साथ बैलगाड़ी में बैठकर शिरडी आए और फिर यहीं बस गए। यहां पर एक पुरानी वीरान पड़ी मस्जिद को अपना ठिकाना बनाया और उसे 'द्वारका माई' नाम दिया। बाबा नवयुवक संत के रूप में शिरडी में निवास करने लगे। यहां उन्हें जनसमुदाय से जहां विशेष सहयोग मिला, वहीं कुछ लोगों के विरोध का भी सामना करना पड़ा। चूंकि बाबा पूजन भी करते थे और मस्जिद में नमाज भी पढ़ते थे, इसलिए लोगों को यह पता नहीं चल पाता था कि वे हिंदू हैं या मुसलमान। यह वह समय था जब बाबा ने तमाम आध्यात्मिक व आंतरिक शक्तियां प्राप्त कीं।

शिरडी गाँव की वृद्धा जो नाना चोपदार की माँ थी, उसके अनुसार एक युवा जो अत्यन्त सुन्दर था, वह नीम वृक्ष के नीचे समाधि में लीन दिखाई पड़ा। अति अल्प आयु में बालक को कठोर तपस्या में देख कर लोग आश्चर्य चकित थे। तपस्या में लीन बालक को सर्दी-गर्मी व वर्षा की जरा भी चिंता न थी। आत्मसंयमी बालक के दर्शन करने के लिए अपार जन समूह उमड़ने लगा। यह अद्भुत बालक दिन में किसी का साथ नहीं करता था। उसे रात्रि के सुनसान वातावरण में कोई भय नहीं सताता था। यह बालक कहाँ से आया था? यह प्रश्न सबको व्याकुल कर देता था। दिखने में वह बालक बहुत सुन्दर था, जो उसे एक बार देख लेता उसे बार-बार देखने की इच्छा होती। वे इस बात से हैरान थे कि यह सुन्दर रूपवान बालक दिन-रात खुले आकाश के नीचे कैसे रहता है। वह प्रेम और वैराग्य की साक्षात् मूर्ति दिखाई पड़ते थे।

उन्हें अपने मान-अपमान की कभी चिंता नहीं सताती थी। वे साधारण मनुष्यों के साथ मिलकर रहते थे। नृत्य देखते, गजल व कव्वाली सुनते हुए अपना सिर हिलाकर उनकी प्रशंसा भी करते। इतना सब कुछ होते हुए भी उनकी समाधि भंग न होती। जब दुनिया जागती थी तब वह सोते थे। जब दुनिया सोती थी तब वह जागते थे। बाबा ने स्वयं को कभी भगवान नहीं माना। वह प्रत्येक चमत्कार को भगवान का वरदान मानते। सुख-दुःख उन पर कोई

प्रभाव न डालते थे। संतों का कार्य करने का ढंग अलग ही होता है। कहने को साईं बाबा एक जगह निवास करते थे, पर उन्हें विश्व के एक समस्त व्यवहारों व व्यापारों का पूर्ण ज्ञान था।

साईं बाबा सभी के महागुरु हैं। उनकी सेवा ही मानवता की सेवा है। श्री साईं का जन्म, धर्म, जात, पंथ कोई नहीं जानता क्योंकि साईं बाबा ने इस विषय पर कभी कुछ नहीं कहा। बाबा का समग्र साहित्य उनके शिरडी अवतार कार्य से भरा हुआ है जो साईं भक्तों को अपनी रोचक लीलाओं द्वारा शिक्षा प्रदान करता है।

साईं बाबा महान भारतीय संत एवं गुरु हैं, जिनका जीवन शिरडी में बीता। उन्होंने लोक कल्याणकारी कार्यों को किया तथा जनता में भक्ति एवं धर्म की धारा बहाई। इनके अनुयायी भारत के सभी प्रान्तों में हैं एवं इनकी मृत्यु के लगभग 94 वर्षों के बाद आज भी इनके चमत्कारों को सुना जाता है। साईं बाबा की सबसे बड़ी शिक्षा और सन्देश है कि जाति, धर्म, समुदाय, आदि व्यर्थ की बातों में ना पड़कर आपसी मतभेद भुलाकर आपस में प्रेम और सद्भावना से रहना चाहिए, क्योंकि सबका मलिक एक है।

शिरडी के साईं बाबा ने दशहरा के दिन 1918 में शरीर छोड़ा था, जिसे साईं भक्त महासमाधि दिवस के रूप में मनाते हैं। बाबा ने कोई पंथ और पीठ नहीं बनाई। शरीर छोड़ने के पूर्व उन्होंने भक्त लक्ष्मीबाई को अपने पास से नौ सिक्के दिये थे। बाबा ने अपना कोई उत्तराधिकारी भी नहीं बनाया। उनके पास प्रॉपर्टी के नाम पर एक ईंट थी, जिसे उन्हें उनके गुरु ने दी थी। गुरु ने उनसे यह भी कहा था कि जब तक यह ईंट रहेगी, तुम्हारा भौतिक शरीर संसार में रहेगा और यही हुआ भी। दशहरा के पूर्व जब मस्जिद की सफाई हो रही थी तो इस दौरान ईंट गिरकर टूट गई। बाबा भिक्षाटन से लौटे तो यह देखकर नाराज हुए लेकिन उन्हें यह एहसास हो गया कि शरीर छोड़ने का समय आ गया है। आठों प्रहर उनके मुख से अल्लाह मालिक का मंत्र गुंजायमान रहता था, जिसने जो कुछ मांगा बाबा ने उसे दिया और आज भी दे रहे हैं। बाबा के भक्त भारत ही नहीं पूरी दुनिया में फैले हुए हैं। मंदिरों की तादाद तो अनगिनत है।

बाबा ने आध्यात्मिक और भौतिक पथ पर चलने के लिए श्रद्धा और सबूरी के मंत्र को जीवन में उतारने की बात कही। श्रद्धा यानी विश्वास और सबूरी से आशय धैर्य से है। उन्हें अपने बारे में किसी प्रचार या ख्याति की जरूरत भी नहीं थी। अपनी मानव काया में वह परब्रह्म परमेश्वर के स्वरूप थे। हेमातपंड ने उनसे जब विनम्रता पूर्वक यह अनुरोध किया कि वे उनकी जीवन लीला को लेखनीबद्ध करना चाहते हैं, कृपया इससे इनकार मत करिएगा। तब बाबा ने उनको अपनी जीवन लीला लिखने की अनुमति दी। आज शिरडी का जो स्वरूप दिखाई देता है वह उस समय नहीं था। शिरडी एक छोटा सा गांव था और बाबा किस जाति-परिवार में पैदा हुए, यह अब तक रहस्य ही है। उनका जीवन संत कबीर दास के जीवन से काफी मिलता-जुलता है। कबीर के शरीर छोड़ने पर हिंदू-मुस्लिम में उनके पार्थिव शरीर की अंतिम गति के लिए विवाद हुआ था और यही कहानी बाबा के शरीर छोड़ने पर भी दोहराई गई। लेकिन बाबा ने जब एक भक्त को स्वप्न में आरती करने की बात कही तो उसके बाद ही बाबा को शिरडी के मौजूदा मंदिर में समाधि दी गई और उनकी आरती शुरू हुई। बाबा तकरीबन सोलह साल की उम्र में शिरडी आए थे और शरीर छोड़ने तक यहीं रहे। श्री साईं सच्चरित्र में ऐसा उल्लेख मिलता है कि बाबा चांद पाटील की बारात में पहली बार शिरडी आए थे। यह बारात शिरडी में खंडोबा के मंदिर पर रुकी थी। बारातियों के बीच एक बालक के चेहरे पर दीप्यमान तेज देखकर खंडोबा मंदिर के पुजारी म्हालसापति ने पहली बार उन्हें साईं कहकर पुकारा था। चांद पाटील की बारात लौटने के बाद भी बाबा शिरडी से नहीं गए। दरअसल चांद पाटील की बाबा से भेंट औरंगाबाद के जंगल में उस समय हुई थी, जब उनकी घोड़ी गायब हो गई थी। वे उसकी तलाश में घूम रहे थे, इस बीच उन्होंने एक फकीर को निर्जन स्थान में बैठे देखा। फकीर चिलम सुलगाने के लिए जमीन में चिमटा घुसा कर आग निकाल रहा था। यह देख चांद पाटील को घोर आश्चर्य हुआ। वह फकीर के पास पहुंचे तो उन्होंने पूछा कि क्यों परेशान हो। यह बताने पर कि घोड़ी गायब हो गई है, बाबा ने कहा कि नाले के पास जाकर देखो। नाले के पास घोड़ी को चरता देख चांद पाटील को विश्वास हो गया कि यह फकीर साधारण नहीं है। इसके

बाद चांद पाटील बाबा को अपने घर ले आए। इस समय जिस स्थान को भक्त द्वारका माई कहते हैं, वह एक टूटी-फूटी और जीर्ण-शीर्ण मस्जिद थी। बाबा इसी मस्जिद में आकर रहने लगे। बाबा इसे अपनी द्वारका माई कहते थे।

द्वारका माई वह जगह है जहां धर्म, अर्थ, काम और मोक्ष की प्राप्ति हो। शुरू के दिनों में बाबा प्रायः खामोश ही रहते थे। किसी ने कुछ लाकर दे दिया तो खा लिया अन्यथा ऐसे ही रह गए। बाद में बाबा शिरडी गांव के घरों में जाते और भिक्षाटन करते। इस दौरान उन्हें जो कुछ मिल जाता उसे वे भिखारियों, कुत्ते, पशु-पक्षियों को भी खिला देते थे। बाबा को पेड़-पौधों से अत्यंत प्रेम था। इसलिए शिरडी से रहाता जाते और वहां से फूलों के पौधे लाते। शिरडी मंदिर परिसर में स्थित लेंदी बाग में वे खुद अपने हाथ से पौधे लगाते और उन पौधों को घड़े से लाकर पानी देते। शिरडी में उन दिनों पानी की किल्लत थी। इसके बावजूद बाबा का पौधों को रोज ही पानी देने का क्रम जारी रहता। उनके साथ भागोजी सिंदिया नामक भक्त रहा करते थे, जिन्हें कुष्ठ रोग था। उनके कई अंग गल भी चुके थे लेकिन बाबा अपने हाथ से उनके घाव साफ करते और सबसे ज्यादा उनको स्नेह देते थे। अब्दुल बाबा नामक भक्त भी उनके साथ रहा करते थे। आज भी उनके परिवार की ओर से बाबा की समाधि पर फूल चढ़ाया जाता है। बाबा ने अपने कार्य व्यवहार से हमेशा हिंदू-मुस्लिम को एक नजरिए से देखा, वे किसी जाति पंथ में विश्वास नहीं करते थे। उनका सबसे बड़ा धर्म मानव धर्म है।

बाबा से जब कोई हिंदू-मुस्लिम की बात करता तो प्रायः नाराज हो जाते। वे एक ही बात कहते कि सबका मालिक एक है। एक बार एक पंडित जी शिरडी पहुंचे। उन्हें किसी ने बाबा के बारे में बता रखा था। उन्हें अपने ब्राह्मणत्व व पांडित्य का अहंकार ज्यादा था। बाबा द्वारका माई मस्जिद में बैठकर रोटी और प्याज खा रहे थे। पंडित जी ने बाबा को रोटी प्याज खाते देखा तो उनके मन में ख्याल आया कि ये कैसे संत, जो प्याज खा रहे हैं। बाबा को पंडित जी के मन का भाव समझते देर न लगी। उन्होंने कहा कि प्याज वही खाए जो पचा सके, यह बात सुनकर पंडित जी बाबा के चरणों में नतमस्तक हो गए। बाबा ने हमेशा

अंधविश्वास का विरोध किया। एक बार की घटना है कि शिरडी में हैजा फैला हुआ था, गांव में लोग लकड़हारों की गाड़ी भी नहीं आने दे रहे थे। बाबा को जब यह बात पता लगी कि लकड़ी लदी गाड़ी को लोग गांव में नहीं आने दे रहे हैं, तो उन्होंने उस गाड़ी की लकड़ी को खुद खरीद लिया और उस लकड़ी का अपनी धुनी में इस्तेमाल किया। बाबा को रोशनी से बेहद प्रेम था। वे मस्जिद में दीप जलाने के लिए बाजार के दुकानदारों से तेल मांग कर लाया करते थे लेकिन एक दिन दुकानदारों ने तय किया कि वे उन्हें तेल नहीं देंगे। बाबा को जब कहीं से तेल नहीं मिला तो वे चुपचाप मस्जिद लौट आए और पाट में जो तेल बचा हुआ था, उसमें ही पानी का कुल्ला किया और इसी पानी से दीप जला दिये। यह घटना शिरडी के लोगों के लिए विस्मयकारी थी। इस घटना के बाद ही लोगों को बाबा के अलौकिक स्वरूप का एहसास हुआ। बाबा प्रायः उपदेश नहीं करते थे, वे दृष्टान्तों के माध्यम से संबंधित व्यक्ति को इसका एहसास करा देते थे। शिरडी में एक ऐसा व्यक्ति बाबा के पास आता था, जो प्रायः अपने भाई की कटु शब्दों में निन्दा किया करता था। बाबा उस समय चुप रहते थे।

एक दिन बाबा लेंदी बाग जा रहे थे और वह व्यक्ति भी बाबा के साथ था। सामने एक सुअर बिष्टा खा रहा था, बाबा ने उस व्यक्ति से कहा कि देखो वह कितने चाव से उसे खा रहा है, निन्दा का रस भी इसी तरह का है। बाबा के पास प्रायः साधु-संत, औलिया सभी आते रहते थे। सबको खाना बनाकर खिलाने में भी उन्हें आनन्द आता था। आज भी शिरडी मंदिर में किसी तरह का भेदभाव नहीं दिखता। लाखों लोग रोज ही वहां बाबा का दर्शन करते हैं। दरअसल बाबा ने धर्म के सरल स्वरूप को समाज के सामने रखा। वे कहते भी थे कि जब तक तू और मैं का भेद खत्म नहीं होता, तब तक हम परमतत्व को नहीं समझ सकते।

साईं बाबा की शक्ति

शिरडी के समर्थ संत शिरोमणि श्री साईं बाबा को कौन नहीं पहचानता? ब्रह्मलीन बाबा की अमोघ, असाधारण शक्ति का अनुभव अनेक लोगों को हुआ है। सन् 1918 में समाधि लेने के बाद आज तक अनगिनत भक्तों को प्रेरणा प्रदान कर उनके जीवनपथ को उजागर किया है। बंबई से शिरडी जाने का रास्ता उस वक्त इतना आसान नहीं था। आज जैसे स्पेशल साधन उस समय नहीं थे तो बड़ी परेशानी होती थी। फिर भी बाबा की प्रेरणा से शिरडी यात्रा मैंने कई बार की। सात साल पहले जब मैं शिरडी गया तो मैंने समाधि स्थान में खड़े होकर साईं बाबा को संबोधित करते हुए कहा, 'बाबा, आज तक तो आपकी प्रेरणा या सूचना के मुताबिक मैं यहां आया हूं, किन्तु अब मुझे ख्याल आता है कि इतना कष्ट उठाकर मुझे यहाँ क्यों आना चाहिए?

'अन्य लोग तो किसी उम्मीद या जिज्ञासा के कारण आते हैं पर मुझे तो ऐसी कोई आवश्यकता नहीं। अब तो आप यहां आने की प्रेरणा करेंगे तो भी नहीं आऊंगा। अगर आप मुझे यहां बुलाना चाहते हैं तो आपको मेरे लिए मोटरकार की व्यवस्था करनी पड़ेगी, तभी मैं आ पाऊंगा। आपके लिए कुछ भी नामुमकिन नहीं।' ऐसा कहकर मैं साईं बाबा को वंदन करके वापस लौटा। इस घटना को हुए तीन साल बीत गये। इस बीच शिरडी जाने का कई बार मन हुआ लेकिन अब वैसे ही थोड़े जा सकता हूं? बिना मोटरकार भेजे मैं कैसे जाऊं, मेरी शर्त का क्या? बंबई के एक-दो परिचित सद्गृहस्थों से अप्रत्यक्ष रूप से बातचीत की लेकिन बंबई के बाहर मोटर भेजने के लिए वे तैयार नहीं हुए। मुझे विश्वास था कि बाबा किसी के दिल में प्रेरणा करके निर्धारित कार्य पूरा कर देंगे। उस वक्त वालकेश्वर स्थित आरोग्य-भवन में

मेरा सत्संग-प्रवचन चलता था। इसमें एक भावुक बहनजी भी आती थीं। उनकी आर्थिक हालत अच्छी थी। प्रवचन के बाद एक बार उन्होंने कहा, 'आप कहीं बाहर घूमने नहीं जाते?'

'क्यों ? मैं तो हर रोज जाता हूं।' मैंने उत्तर दिया।

'पैदल जाते हैं ?'

'हां, प्रायः पैदल ही जाता हूं। कभी-कभी बहुत दूर जाना हो तब टैक्सी कर लेता हूं।'

'मुझे भी सेवा का अवसर दीजिये न ! मेरी मोटर है। आपके कहने पर मेरा ड्राइवर आपको ले जायेगा।'

'देखूंगा', मैंने संक्षेप में कहा।

बाद में भी दो-तीन बार बहनजी ने मोटर के लिए कहा। उनका आग्रह व प्रेम देखकर एक बार मैंने साफ-साफ बात की, 'मुझे मोटर की आवश्यकता है किन्तु बंबई में घूमने के लिए नहीं, शिरडी जाने के लिए।'

'कितने दिनों के लिए ?'

'तीन-चार दिनों के लिए।'

यह सुनकर बहनजी बोली, 'मोटर आपकी है। मैं घर जाके उनको पूछुंगी । वे ना नहीं कहेंगे।'

'तुम पूछकर उत्तर दे देना ।'

बहनजी गईं। मुझे लगा कि साईं बाबा ने हमारी इच्छानुसार तैयारी करने की शुरुआत की है वरना साधारण परिचय वाली यह बहनजी इतने प्यार से मोटरकार के लिए क्यूं कहेंगी ? परंतु तीन-चार दिन तक वह बहनजी नहीं दिखाई दीं। उनके निकट रहनेवाली एक बहन ने कहा, 'वह तो बड़ी मुसीबत में फंस गई है।' फिर उसने विस्तार से कहा कि जब उन्होंने पतिदेव से मोटर देने के लिए कहा तो वे लाल-पीले हो गए और कहने लगे, 'साधुसंतों के लिए कार नहीं खरीदी है, समझीं ? और हां, आज से तुझे सत्संग में भी नहीं जाना है।'

मैं पूरी बात समझ गया। कुछ सज्जन कहने लगे, 'इससे तो बेहतर है कि रेलगाड़ी से चले जाएं। रिजर्वेशन करवा लेंगे तो कोई तकलीफ नहीं होगी।' लेकिन मेरे मन का समाधान नहीं हुआ।

तीन-चार दिन बाद वह मोटरवाली बहनजी सत्संग में आने लगीं लेकिन उन्होंने मोटर की बात नहीं छेड़ी। मुझे भी इस बारे में पूछना ठीक न लगा। मैंने सोचा कई बार मनुष्य की इच्छा या भावना होने पर भी प्रतिकूल परिस्थितियों के कारण उसका आचरण नहीं हो पाता।

दो-तीन दिन और गुजर गये। चौथे दिन सत्संग की समाप्ति के बाद बहनजी ने पूछा, 'आपको सचमुच शिरडी जाना है क्या ?'

'हां, लेकिन ऐसा क्यों पूछती हैं ?'

'आपको मोटर कब चाहिए ?' मैं थोड़ी देर उनकी ओर देखता रहा और बोला, 'जब मिले तब, इतवार को भी चलेगा, परंतु क्या तुम्हारी मोटर मिलना मुमकिन है?'

'हां, पहले तो उन्होंने गुस्सा होकर साफ इन्कार किया था लेकिन आज न जाने क्या हुआ, उन्होंने मोटर देने की सहमति दे दी। इतने में वे सज्जन भी आ पहुंचे। इतवार को शिरडी जाना तय होने पर मैंने पेट्रोल खर्च देने को कहा तब वे बोले, 'हम भला आप जैसे साधुपुरुष से पेट्रोल का खर्च लेंगे? संतसेवा का लाभ ही सच्चा धन है। हां, ड्राइवर चाय का रसिया है, उसे चाय जरूर पिलाना!'

'इस बारे में आप निश्चिंत रहिये, पर आपको दो-तीन दिन तकलीफ होगी।'

'कोई हर्ज नहीं। मैं इतवार को ग्यारह बजे ड्राइवर के साथ मोटर लेकर आ पहुंचूंगा।'

इतवार के दिन हम मोटर में शिरडी जाने निकले तब उस सज्जन ने कहा, 'आराम से यात्रा कीजियेगा ।'

उस बहनजी की आंखें भर आईं। उनके पतिदेव का मन-परिवर्तन करनेवाले

और मेरा निर्धार सफल करनेवाले साईं बाबा ही थे। उनकी असाधारण अगम्य शक्ति का ही यह नतीजा था ।

शिरडी के समाधि मंदिर में साईं बाबा की प्रतिमा के सामने खड़े होकर, दोनों हाथ जोड़कर मैंने उनको धन्यवाद देते हुए कहा, 'अच्छा है आप मुझे मोटर में यहां लाये, फिर भी ऐसा अवश्य करना की प्रत्येक परिस्थिति में आपके प्रति मेरा प्रेमभाव बना रहे।'

प्रतिमा सजीव-प्राणवान हुई। मानों मेरे शब्द सुनकर साईं बाबा मुस्कराने लगे ![1]

1. एक संत के उद्गार

और विष उतर गया

बाबा को द्वारका माई मस्जिद में आए अभी दूसरा ही दिन था कि अचानक मस्जिद के दूसरे छोर पर शोर मच गया, 'काट लिया ! काट लिया! काले नाग ने काट लिया।' क्या हुआ, साईं बाबा एकदम से चौंककर खड़े हो गए और शोर मचाने वाले से पूछा। दामोदर को नाग ने काट लिया साईं बाबा! एक व्यक्ति ने सहारा देकर दामोदर को उठाते हुए बताया। दामोदर की हालत एकदम से खराब होती जा रही थी। उसका सारा शरीर नीला पड़ता जा रहा था, मुंह से झाग आने लगी थी। 'मत चढ़...मत चढ़...! कहां गया नाग' साईं बाबा बोले। 'इस बिल में घुस गया है।' एक व्यक्ति ने मस्जिद के एक कोने में एक बिल की ओर हाथ से इशारा करते हुए कहा। उस बिल को देखकर साईं बाबा बड़े जोर से हंसकर बोले, 'वाह रे लीलाधर ! बड़ी विचित्र है तेरी लीला। यह तो नेवले का बिल है। नेवला अभी इस नाग के टुकड़े-टुकड़े करके रख देगा।' सभी व्यक्ति साईं बाबा की ओर हैरानी से देखने लगे। फिर साईं बाबा दामोदर के पास आये और उसके पास बैठकर, उसके पैर पर ऊपर से नीचे की ओर हाथ फेरते हुए कहने लगे, 'उतर जा... उतर जा...।' बाबा के ऐसा कहते ही दामोदर के अंगूठे से नीले-नीले रंग की बूंदें तेजी से गिरने लगीं। वहां उपस्थित लोगों को यह समझते देर न लगी कि यह बूंदें उसी नाग के जहर की हैं। यह देखकर सबको बहुत आश्चर्य हो रहा था कि नाग का जहर तो तेजी से ऊपर की ओर चढ़ता जाता है। उन्होंने सांप काटने की अनेक घटनाएं देखी थीं। पर, ऐसा पहली बार देखा था कि जहर शरीर में फैलने के बजाय बूंद-बूंद का जख्म से ही टपकने लगा हो। बाबा दामोदर के डंसे हुए पैर पर हाथ फेरते रहे और जहर बूंद-बूंद करके नीचे की ओर टपकता गया। थोड़ी देर बाद बूंदों का नीला रंग धीरे-धीरे लाली में बदल गया।

कुछ देर बाद बाबा ने कहा, 'दामोदर के शरीर से अब सारा जहर निकल गया है। अब चिन्ता करने की कोई बात नहीं है। यह अब ठीक है। फिर उन्होंने दामोदर से पूछा, 'अब कैसा लग रहा है, दामोदर।'

'अब मेरी तबीयत ठीक है बाबा।' दामोदर ने कहा और साईं बाबा के पैरों से लिपटकर फूट-फूटकर रोने लगा। बोला, 'आपने मुझे बचा लिया साईं बाबा! आपकी कृपा से ही आज मेरी जान बच पायी है।' यह घटना सबके लिए महान आश्चर्य का विषय थी। सभी ने यह चमत्कार अपनी आंखों के सामने होते देखा था। साईं बाबा के होठों पर मुस्कराहट थिरक रही थी। उनके इस चमत्कार की चर्चा सारे गांव में हो रही थी। अब लोगों को विश्वास होने लगा कि साईं बाबा वास्तव में ही कोई अवतारी पुरुष हैं। सभी धर्मों के लोग दूर-दूर से उनके पास आने लगे।

दामोदर को सांप के काटने और साईं बाबा द्वारा बिना किसी मंत्र-तंत्र अथवा दवा-दारू के उसके शरीर से जहर का बूंद-बूंद करके टपकाने की चर्चा सब जगह हो रही थी। गांव के कुछ नवयुवकों ने द्वारका माई मस्जिद में आकर साईं बाबा को अपने कंधों पर बैठा लिया और उनकी जय-जयकार करने लगे। सभी छोटे-बड़े, स्त्री-पुरुष साईं बाबा की जय-जयकार के नारे पूरे जोर-शोर से लगा रहे थे। नयी मस्जिद के मौलवी ने कहा, 'मैंने तो पहले ही कह दिया था कि यह कोई साधारण पुरुष नहीं हैं। यह इंसान नहीं फरिश्ते हैं। यह तो शिरडी का अहोभाग्य है कि जो यह यहां पर आ गए हैं। हां, हां, हम साईं बाबा का जुलूस निकालेंगे।' वहां सभी उपस्थित व्यक्ति एक स्वर में बोले। फिर उसके बाद सब जुलूस निकालने की तैयारी करने में लग गये। यह सब देख-सुनकर पंडितजी को बहुत ज्यादा दुःख हुआ। पूरे गांव में केवल वे ही एक ऐसे व्यक्ति थे जो नये मंदिर के पुजारी के साथ-साथ पुरोहिताई और वैद्य का भी कार्य किया करते थे। यह बात उनकी समझ में जरा-सी भी नहीं आयी कि साईं बाबा के हाथ फेरने से ही जहर कैसे उतर सकता है। इस बात को वह ढोंग मान रहे थे। इसमें उनको साईं बाबा की कुछ चाल नजर आ रही थी। वह गांव के लोगों का इलाज भी किया करते थे। साईं बाबा के प्रति उनके मन में ईर्ष्या

पैदा हो गयी थी कि साईं बाबा एक चमत्कारी पुरुष हैं। पंडितजी इस बात को मानने के लिए बिल्कुल भी तैयार न थे। वह ईर्ष्या में भरकर साईं बाबा के विरुद्ध उल्टी-सीधी बातें बोलने लगे। सब जगह केवल साईं बाबा की ही चर्चा थी पर, पंडितजी की ईर्ष्या का कोई ठिकाना न था। अब आस-पास के लोग जिन्होंने साईं बाबा के चमत्कार के बारे में सुना, उनके दर्शन करने के लिए आ रहे थे। उधर पंडितजी गांव की चौपाल पर बैठे लोगों से बोले, 'यह गांव ही मूर्खों से भरा पड़ा है।' पंडित ने क्रोध से कांपते हुए कहा, 'वह कल का मामूली छोकरा भला सिद्धपुरुष कैसे हो सकता है। कई-कई जन्म बीत जाते हैं साधना करते हुए, तब कहीं जाकर सिद्धि प्राप्त होती है। नाग का जहर तो संपेरे भी उतार देते हैं। मुझे तो पहले ही दिन पता चल गया था कि वह कोई संपेरा है। एक संपेरों की ही ऐसी कौम होती है, जिनका कोई दीन-धर्म नहीं होता।'

एक व्यक्ति ने कहा, 'आप ठीक कहते हैं पंडितजी!' वह बोला, 'पन्द्रह-सोलह वर्ष का छोकरा है और गांव वालों ने उसका नाम रख दिया है 'साईं बाबा'। यह साईं बाबा का क्या अर्थ होता है, पंडितजी।'

'इसका अर्थ तो तुम उन्हीं लोगों से जाकर पूछो, जिन्होंने उसका यह नाम रखा है।' पंडितजी ने ईर्ष्या में भरकर कहा। फिर रहस्यपूर्ण स्वर में बोले, 'जाओ, पुरानी मस्जिद में देखकर आओ, वहां पर क्या हो रहा है।' तभी अचानक झांझ, मदृग, ढोल और अन्य वाद्यों की आवाज तथा लोगों का कोलाहल सुनकर पंडितजी चौंक गये।

उन्होंने देखा, सामने से एक जुलूस आ रहा था। 'पंडितजी! बाहर आइए। साईं बाबा की शोभायात्रा आ रही है।' एक व्यक्ति ने बड़े जोर से चिल्लाकर कहा। पंडितजी उस नजारे को देखकर बड़े हैरान थे। पालकी के आगे-आगे कुछ गांववासी झांझ, मंजीरे और ढोल बजाते हुए चल रहे थे। उनके पीछे एक पालकी में साईं बाबा बैठे थे। दामोदर और उसके साथियों ने पालकी अपने कंधों पर उठा रखी थी। उनके साथ गांव के पटेल भी थे और नई मस्जिद के इमाम भी। साथ ही प्रतिष्ठित लोगों की भीड़ भी चल रही थी।

इन सबके साथ गांव की बहुत सारी महिलाएं भी थीं। ऐसा लगता था कि जैसे सारा गांव ही उमड़ पड़ा हो। सभी साईं बाबा की जय-जयकार कर रहे थे। साईं बाबा का ऐसा स्वागत-सत्कार देखकर पंडितजी के होश उड़ गये, मारे क्रोध के बुरा हाल हो गया। वह गला फाड़कर चिल्लाकर बोले, 'सत्यानाश! ये ब्राह्मण के लड़के इस संपेरे के बहकावे में आ गए हैं। यह बहुत बड़ा जादूगर है। नौजवानों को इसने अपने वश में कर रखा है। देख लेना, एक दिन यह सब भी इसी की तरह शैतान बन जाएंगे। हे भगवान! क्या मेरे भाग्य में यह दिन भी देखना बाकी था।' जैसे-जैसे शोभायात्रा आगे बढ़ती जा रही थी और उसमें शामिल होने वाले लोगों की भीड़ भी बढ़ती जा रही थी। साईं बाबा की पालकी के आगे-आगे नवयुवक नाचते, गाते और जय-जयकार से वातावरण को गूंजा रहे थे। अपने-अपने घरों के दरवाजों पर खड़ीं स्त्रियां फूल बरसाकर शोभायात्रा का स्वागत कर रही थीं। पंडितजी से साईं बाबा का यह स्वागत देखा न गया। वह गुस्से में पैर पटकते हुए घर के अंदर चले गए और दरवाजा बंद करके, कमरे में जाकर पलंग पर लेट गए और मन-ही-मन साईं बाबा को कोसने लगे। कैसा जमाना आ गया है, इस कल के छोकरे ने तो सारे गांव को बिगाड़कर रख दिया है। पंडितजी को साईं बाबा अपना सबसे बड़ा दुश्मन दिखाई दे रहे थे। जुलूस गांवभर में घूमता रहा और हर जुबान पर साईं बाबा की चर्चा होती रही। शोभायात्रा घूमकर वापस लौट आयी। साईं बाबा के पास कुछ ही व्यक्ति रह गए। वह चुपचाप आंखें बंद किये बैठे थे।

'बाबा, जब आप पहले-पहल गांव में आए थे और लोगों ने आपसे पूछा था कि आप कौन हैं, तो आपने कहा था, मैं साईं बाबा हूं। साईं बाबा का क्या अर्थ होता है।' दामोलकर ने पूछा।

उसके इस प्रश्न पर साईं बाबा मुस्करा दिए और बोले, 'देखो, दो अक्षर का शब्द है : सा और ईं । सा का अर्थ है देवी और ईं का अर्थ होता है मां। बाबा का अर्थ होता है पिता। इस प्रकार साईं बाबा का अर्थ हुआ देवी, माता और पिता। जन्म देने वाले माता-पिता के प्रेम में स्वार्थ की भावना निहित होती है। जबकि देवी माता-पिता के स्नेह में जरा-सा भी स्वार्थ नहीं होता है। वह तुम्हारा मार्गदर्शन करते हैं और तुम्हें प्रेरणा देते हैं।

आत्मदर्शन, आत्मज्ञान की सीधी और सच्ची राह दिखाते हैं।' साईं बाबा ने समझाते हुए कहा। 'वैसे साईं बाबा शब्द का प्रयोग परमपिता परमात्मा, ईश्वर, अल्लाताला और मालिक के लिए भी किया जाता है।'

'आप वास्तव में ही साईं बाबा हैं।' सभी उपस्थित लोगों ने एक स्वर में कहा। 'आपने हम सभी को सही रास्ता दिखाया है। सबको आपने ईश्वर की भक्ति के मार्ग पर लगाया है। यह मनुष्य शरीर न जाने कितने पिछले जन्मों के पुण्य कर्मों को करने के पश्चात प्राप्त होता है। इस संसार में जितने भी शरीरधारी हैं, उन सबमें केवल मनुष्य ही सबसे अधिक बुद्धिमान प्राणी है। वह इस जन्म में और भी अधिक पुण्य कर्म कर सकता है। उसके पास बुद्धि है, ज्ञान है और इसके बावजूद भी वह मानव शरीर पाकर मोह-माया और वासना के दलदल में फंस जाता है। इससे छुटकारा पाना असंभव हो जाता है। उसका मन रात-दिन वासना और स्वार्थ में लिप्त रहता है। धन-सम्पत्ति पाने के लिए वह कैसे-कैसे कार्य नहीं करता है। मनुष्य को इस दलदल से यदि कोई मुक्ति दिला सकता है, तो वह है गुरु... केवल सद्गुरु। लेकिन आज के समय में सच्चा गुरु कहां मिलता है। सच्चे इंसान ही बड़ी मुश्किल से मिलते हैं। फिर सच्चे गुरु का मिलना तो और भी अधिक कठिन है।'

एक व्यक्ति ने पूछा, 'सच्चे गुरु की पहचान क्या है साईं बाबा।'

साईं बाबा ने बताया, 'सच्चा गुरु वही है, जो शिष्य को अच्छाई-बुराई का भेद बता सके। उचित-अनुचित का अंतर बता सके।' फिर अचानक उन्हें जैसे कुछ याद आया, तो वह बोले, 'आज तात्या नहीं आया क्या।'

'बाबा, मैं आपको बताना ही भूल गया। तात्या को आज बहुत तेज बुखार आया है।'

'तो आओ चलो, तात्या को देख आयें।' साईं बाबा ने अपने आसन से उठते हुए कहा। साथ ही अपनी धूनी में से एक चुटकी भभूति अपने सिर के दुपट्टे में बांधकर चल पड़े।

ऊदी का चमत्कार

साईं बाबा जब दामोदर तथा कुछ अन्य शिष्यों को साथ लेकर तात्या के घर पहुंचे, तो तात्या बेहोशी में न जाने क्या-क्या बड़बड़ा रहा था। उसकी मां वाइजाबाई उसके सिरहाने बैठी उसका माथा सहला रही थी। तात्या बहुत कमजोर दिखाई पड़ रहा था। साईं बाबा को देखते ही वाइजाबाई उठकर खड़ी हो गईं। उसकी आंखें शायद रातभर सो पाने के कारण सूजी हुई थीं और चेहरा उतरा हुआ था। उसे अपने बेटे की बहुत चिंता सता रही थी। बुखार ने तात्या के शरीर को एकदम से तोड़कर रख दिया था। 'साईं बाबा!' वाइजाबाई कहते-कहते रो पड़ी।

'क्या बात है मां, तुम रो क्यों रही हो।' साईंबाबा तात्या के पास जाकर बैठ गये।

वाइजाबाई बोली, 'जब से आपके पास से आया है, बुखार में भट्टी की तरह तप रहा है और बेहोशी में न जाने यह क्या-क्या उल्टा-सीधा बड़बड़ा रहा है।'

साईं बाबा बोले, 'देखूं, जरा कैसे, क्या हो गया है इसे।' उन्होंने दुपट्टे के छोर में बंधी भभूति निकाली और तात्या के माथे पर मलने लगे। वाइजाबाई, दामोदर और साईं बाबा के अन्य शिष्य इस बात को बड़े ध्यान से देख रहे थे। तात्या के होंठ धीरे-धीरे खुल रहे थे। वह कुछ बड़बड़ा-सा रहा था। उसका स्वर इतना धीमा और अस्पष्ट था कि किसी की समझ में कुछ भी नहीं आ रहा था। 'साईं बाबा!' अचानक तात्या के होठों से निकला और उसने आंखें खोल दीं।

'क्या हुआ तात्या! मैं तो कब से तुम्हारा इंतजार कर रहा था। जब तुम नहीं आये तो मैं स्वयं तुम्हारे पास चला आया।' साईं बाबा ने स्नेह भरे स्वर में कहा। उनके होठों पर हल्की-सी मुस्कान तैर रही थी।

'बाबा! मुझे न जाने क्या हो गया है। आपके पास से आया और खाना खाकर सो गया। ऐसा सोया कि अब आंखें खुलीं हैं।' तात्या ने कहा।

'कल से तू बुरी तरह से बुखार में तप रहा है।' वाइजाबाई अपने बेटे की ओर देखते हुई बोली, 'मैंने सारी रात तेरे सिरहाने बैठकर काटी है।'

'बुखार...! मुझे बुखार कहां है। मेरा बदन तो बर्फ जैसा ठंडा है।' इतना कहते हुए तात्या ने अपना दायां हाथ आगे बढ़ा दिया और फिर दूसरा हाथ दामोदर की ओर बढ़ाते हुए बोला, 'लो भाई, जरा तुम भी देखो, मुझे बुखार है क्या। वाइजाबाई और दामोदर ने तात्या का हाथ देखा। अब उसे जरा-सा भी बुखार नहीं था। वाइजा ने जल्दी ने तात्या के माथे पर हथेली रखी। थोड़ी देर पहले उसका माथा गरम तवे की तरह जल रहा था, पर अब तो बर्फ की भांति ठंडा था। वाइजा और दामोदर हैरत के साथ साईं बाबा की ओर देखने लगे। साईं बाबा मंद-मंद मुस्करा रहे थे। वाइजाबाई यह चमत्कार देखकर हैरान रह गयी थी। तभी साईं बाबा अचानक बोले, 'मां, मुझे बहुत भूख लगी है, रोटी नहीं खिलाओगी।'

वाइजाबाई ने तुरंत हड़बड़ाकर कहा, 'क्यों नहीं, अभी लायी।' फिर वह तेजी से अंदर चली गयी। थोड़ी देर में जब वह अंदर से आयी, तो उसके हाथ में थाली थी, जिसमें कुछ रोटियां और दाल से भरा कटोरा था। साईं बाबा ने अपने दुपट्टे के कोने में रोटियां बांध लीं और तात्या की ओर देखते हुए बोले, 'चलो तात्या, आज तुम भी मेरे साथ ही भोजन करना।' तात्या एकदम बिस्तर से उठकर खड़ा हो गया। उसे देखकर इस बात का विश्वास नहीं हो रहा था कि कुछ देर पहले वह बहुत तेज बुखार से तप रहा था और न ही उसमें अब कमजोरी थी। 'ठहरो बाबा, मैं और रोटियां ले लाऊं।' वाइजाबाई ने कहा।

'नहीं माँ, बहुत हैं। हम सबका पेट भर जायेगा।' साईं बाबा ने कहा। फिर

वह अपने शिष्यों को साथ लेकर द्वारकामाई मस्जिद की ओर चल दिये थे वे।

उनके जाने के बाद वाइजाबाई सोच में पड़ गयी। उसने कुल चार रोटियां ही दी हैं। इनसे सबका पेट कैसे भर जायेगा। अतएव उसने जल्दी-जल्दी से और रोटियां बनाईं, फिर उन्हें लेकर मस्जिद की ओर चल दी। जब वह रोटियां लेकर द्वारका माई मस्जिद पहुंची तो साईं बाबा सभी लोगों के साथ बैठे खाना खा रहे थे। पांचों कुत्ते भी उनके पास ही बैठे थे। वाइजाबाई ने रोटियों की टोकरी साईं बाबा के सामने रख दी।

'माँ, तुमने बेकार में ही इतनी तकलीफ की। मेरा पेट तो भर गया है। इन लोगों से पूछ लो। जरूरत हो तो दे दो।' साईं बाबा ने रोटी का आखिरी टुकड़ा खाकर लम्बी डकार लेते हुए कहा। वाइजाबाई ने बारी-बारी से सबसे पूछा। सबने यही कहा कि उनका पेट भर चुका है। उन्हें और रोटी की जरूरत नहीं।

वाइजाबाई ने रोटी के कुछ टुकड़े कुत्तों के सामने डाले, लेकिन कुत्तों ने उन टुकड़ों की ओर देखा तक नहीं। अब वाइजाबाई की हैरानी की सीमा न रही। उसने साईं बाबा को कुल चार रोटियां दी थीं। उन चार रोटियों से भला इतने आदमियों और कुत्तों का पेट कैसे भर गया। उसकी समझ में कुछ भी न आया। उसे साईं बाबा के चमत्कार के बारे में पता न था। एक प्रकार से यह उनका एक और चमत्कार था, जो वह प्रत्यक्ष देख और अनुभव कर रही थी। शाम तक तात्या के बुखार उतरने की बात गांव से एक छोर से दूसरे छोर तक फैल गई।

'धूनी की भभूति माथे से लगाते ही तात्या का बुखार से आग जैसा जलता शरीर बर्फ जैसा ठंडा पड़ गया।' एक व्यक्ति ने पंडितजी को बताया।

'अरे जा-जा, ऐसे कैसे हो सकता है। बर्फ जैसा ठंडा पड़ गया बुखार से तपता शरीर। सुबह दामोदर खुद तात्या को देखकर आया था। उसका शरीर भट्टी की तरह दहक रहा था। वह तो पिछली रात से ही बुखार के मारे बेहोश पड़ा था। बेहोशी में न जाने क्या-क्या उल्टा-सीधा बड़बड़ा रहा

था। इतना तेज बुखार और सन्निपात, चुटकीभर धूनी की राख से छूमंतर हो जाये, तो फिर दुनिया ही न बदल जाये।' पंडितजी ने अविश्वासभरे स्वर में कहा।

'यह बात एकदम सच है पंडितजी!' उस व्यक्ति ने कहा, 'और इससे भी ज्यादा हैरानी की बात यह है पंडितजी!'

'वह क्या' पंडितजी का दिल किसी अनिष्ट की आंशका से जोर-जोर से धड़कने लगा।

साईं बाबा ने तात्या के घर जाकर वाइजाबाई से खाने के लिए रोटियां मांगीं। उसने कुल चार रोटियां दी थीं। उस समय साईं बाबा के साथ दामोदर और कई अन्य शिष्य भी थे। वाइजाबाई ने सोचा कि चार रोटियों से इतने आदमियों का पेट कैसे भरेगा। फिर साईं बाबा के साथ उनके कुत्ते भी तो खाना खाते हैं। वाइजाबाई ने और रोटियां बनाईं और लेकर मस्जिद गई। सबने यही कहा कि उनका पेट भर चुका है। वाइजाबाई ने एक रोटी तोड़कर कुत्तों के आगे डाली, लेकिन कुत्तों ने रोटी को सूंघा भी नहीं। अब आप ही बताइए, सब लोगों के हिस्से में मुश्किल से चौथाई रोटी आयी होगी। एक-एक आदमी चार-छह रोटियों से कम तो खाता नहीं है। फिर उसका एक टुकड़े में ही कैसे पेट भर गया, चमत्कार है न!' उस व्यक्ति ने शुरू से अंत तक सारी कहानी ज्यों की त्यों पंडितजी को सुना दी।

उसकी बात सुन पंडितजी बुरी तरह से झल्लाकर बोले, 'बेकार की बकवास मत करो। यह सब झूठा प्रचार है। तुम्हारा नाम दादू है ना। जैसा तुम्हारा नाम है वैसी ही तुम्हारी अक्ल भी है। मैं इनमें से किसी भी बात पर विश्वास करने के लिए तैयार नहीं। यह उन सब छोकरों की मनगढ़ंत कहानी है, जो रात-दिन गांजे के लालच में उसके साथ चिपटे रहते हैं। साईं बाबा खुद भी गांजे के दम लगाता है तथा गांव के सब छोकरों को अपने जैसा गंजेड़ी बनाकर रख देगा।'

पंडितजी की बात सुनकर दादू को बहुत तेज गुस्सा आया, लेकिन कुछ सोचकर वह चुप रह गया। उसकी पत्नी पिछले कई महीनों से बीमार थी।

उसका इलाज पंडितजी कर रहे थे, पर कोई लाभ न हो रहा था। पंडितजी दवा के नाम पर उससे बराबर पैसा ऐंठ रहे थे। पंडितजी साईं बाबा के प्रति पहले से ही ईर्ष्या व द्वेष की भावना रखते थे। दादू की बातें सुनकर उनकी ईर्ष्या और द्वेष की भावना और ज्यादा भड़क उठी। साईं बाबा पर गुस्सा उतारना तो संभव न था, दादू पर ही अपना गुस्सा उतारने लगे। उन्होंने गुस्से में जल-भुनकर दादू की ओर देखते हुए कहा, 'यदि इतना ही विश्वास है कि धूनी की राख लगते ही तात्या का बुखार छूमंतर हो गया तो तू अपनी घरवाली को क्यों नहीं ले जाता उसके पास। आज से वो ही तेरी घरवाली का इलाज करेगा। मैं आज से तेरी पत्नी का इलाज बंद करता हूं, जा, अपने ढोंगी साईं बाबा के पास और धूनी की सारी राख लाकर मल दे अपनी घरवाली के सारे शरीर पर। बीवी में मुट्ठीभर हड्डियां बची हैं। धूनी की राख मलते ही बीमारी पल में छूमंतर हो जायेगी। जा भाग जा यहां से।'

'ऐसा मत कहो, पंडितजी ! मैं गरीब आदमी हूं।' दादू ने हाथ जोड़ते हुए पंडितजी से कहा। पर, पंडितजी का गुस्सा तो इस समय सातवें आसमान पर पहुंचा हुआ था। दादू ने बड़ी नम्रता से कहा, 'पंडितजी! मैं साईं बाबा की प्रशंसा कहां कर रहा था। मैंने तो केवल सुनी हुई बात आपको बतलायी है।'

'चुप कर, आज से तेरी घरवाली का इलाज वही करेगा।' पंडितजी ने क्रोध से दांत भींचते हुए दृढ़ स्वर में कहा। दादू पंडितजी का गुस्सा देखकर हैरान था। साईं बाबा के नाम पर इतनी जिद्द। पंडितजी पर दादू की प्रार्थना का कोई प्रभाव न पड़ा, बल्कि दादू पर पंडितजी का गुस्सा बढ़ता ही चला जा रहा था। दादू का हाथ पकड़कर, एक ओर को झटका देते हुए कहा, 'मैं जात का ब्राह्मण एक बार जो कुछ कह देता हूं, वह अटल होता है मैंने जो कह दिया, सो कह दिया। अब उसे पत्थर की लकीर समझो।'

'नहीं पंडितजी, ऐसा मत कहिये। यदि मेरी घरवाली को कुछ हो गया तो मैं जीते-जी मर जाऊंगा। मेरी हालत पर तरस खाइये। मेहरबानी करके ऐसा मत कीजिये। मैं बड़ा गरीब आदमी हूं।'

दादू ने गिड़गिड़ाकर हाथ जोड़ते हुए कहा। वहां चबूतरे पर मौजूद अन्य लोगों ने भी दादू की सिफारिश की, लेकिन पंडितजी जरा-सा भी टस से मस न हुए। गुस्से में भरकर बोले, 'मेरी मिन्नत करने की कोई आवश्यकता नहीं है। जा, चला जा अपने साईं बाबा के पास। उन्हीं से ले आ चुटकी-भर धूनी की राख। उसे अपनी अंधी मां की आंखों में डाल दे, दिखाई देने लगेगा। उसे मल देना अपनी अपाहिज बहन के हाथ-पैरों पर, वह दौड़ने लगेगी। अपनी घरवाली को भी लगा देना, रोग छूमंतर हो जाएगा। जा भाग यहां से। खबरदार! जो फिर कभी मेरे चबूतरे पर पांव भी रखा तो। हाथ-पैर तोड़कर रख दूंगा।' जिस बुरी तरह से पंडितजी ने दादू को लताड़ा था, उससे उसकी आंखों में आंसू भर आए। वह फूट-फूटकर रोने लगा। लेकिन, पंडितजी पर इसका जरा-सा भी प्रभाव न पड़ा। हारकर दादू दुखी मन से अपने घर लौट गया।

ऊदी का एक और चमत्कार

दादू की आंखों के आगे अपनी मां, बहन और बीमार पत्नी के मुरझाये चेहरे घूम रहे थे। दादू ने जैसे ही घर के आंगन में कदम रखा, उसे पत्नी की उखड़ती हुई सांसों के साथ खांसने की आवाज कानों में सुनाई पड़ी। वह लपककर कोठरी में पहुंचा, जहां पिछले कई महीनों से उसकी पत्नी चारपाई पर पड़ी हुई थी। 'क्या बात है सीता।' दादू ने पूछा। सीता का शरीर टी.बी. की बीमारी के कारण बहुत जर्जर हो गया था। शरीर के नाम पर केवल वह मात्र हडियों का ढांचा शेष रह गयी थी, उसकी हालत दिन-प्रतिदिन गिरती चली जा रही थी। दादू को घर आया देख उसकी अपंग बहन वहां आ गयी और बोली, 'तुम कहां चले गये थे भैया। भाभी की हालत पहले से ज्यादा खराब हो रही है। पहले जोरों की खांसी आती है और फिर खांसते-खांसते खून भी फेंकने लगती हैं। जल्दी से जाकर वैद्य जी को बला लाओ।' उसके स्वर में घबराहट स्पष्ट नजर आ रही थी। दादू ने घूमकर अपनी पत्नी की ओर देखा तो सीता दोनों हाथों से अपना सीना पकड़े बुरी तरह से हांफ रही थी। शायद बलगम उसके गले में अटककर रह गया था, जिसकी वजह से उसे सांस लेने में परेशानी हो रही थी। दादू ने उसे अपने हाथों से सहारा दिया और फिर उसकी पीठ मसलने लगा। 'जा बेटा, जा जल्दी से वैद्य जी को बुला ला, आज बहू की हालत कुछ ठीक नहीं है।' दादू की अंधी मां ने रुंधे गले से कहा, 'मुझे दिखाई तो नहीं देता, लेकिन बहू की सांस से ही मैं समझ गयी हूं। जा वैद्य जी को ले आ।' दादू को पता था कि पंडितजी बहुत ही जिद्दी आदमी हैं। वह किसी भी कीमत पर नहीं आने वाले। वह कुछ देर तक खड़ा हुआ मन-ही-मन सोचता रहा, फिर बहुत तेज चाल के साथ घर से निकला और द्वारका माई मस्जिद की ओर दौड़ता चला गया। वह बहुत बुरी

तरह से घबराया हुआ था। अब उसे साईं बाबा के अतिरिक्त कोई सहारा दिखाई नहीं दे रहा था। वह द्वारका माई मस्जिद पहुंचा तो वहां साईं बाबा के पास कई लोग बैठे हुए थे। 'साईं बाबा...!' अचानक दादू की घबरायी हुई आवाज सुनकर सब लोग चौंक पड़े। उन्होंने पलटकर दादू की ओर देखा। उसके चेहरे पर दुनिया भर की घबराहट और पीड़ा के भाव स्पष्ट रूप से दिखाई दे रहे थे। आंखों से बराबर आंसू बह रहे थे।

'क्या बात है दादू ! तुम इतनी बुरी तरह से क्यों घबराये हुए हो।' साईं बाबा ने उसे अपने पास आने का इशारा करते हुए कहा। दादू उनके पास पहुंचकर, फिर उसने रोते हुए साईं बाबा को पंडितजी की सारी बातें बता दीं। साईं बाबा मुस्करा उठे और बोले, 'अरे, इतनी-सी बात से तुम इतनी बुरी तरह से घबरा गए। तुम्हें तो पंडितजी का एहसानमंद होना चाहिए। उन्होंने तुम्हें सही सलाह दी है।' और वह खिलखिलाकर हंसने लगे।

सब लोग चुपचाप बैठे दादू की बातें सुन रहे थे। बाबा ने अपनी धूनी में से एक-एक करके तीन चुटकी भभूति निकालकर उसे दी और बोले, 'इस भभूती को ले जाओ और जिस-जिस तरह बताया है, उसी तरह प्रयोग करो। तुम्हारी सारी चिंताएं और कष्ट दूर हो जायेंगे।' साईं बाबा ने यह सारी बातें बड़े ही सहज भाव से कहीं। सब लोग आश्चर्य से उनकी ओर देख रहे थे। दादू ने खड़े होकर साईं बाबा के चरण स्पर्श किए और फिर मस्जिद की सीढ़ियों से उतरकर तेजी से अपने घर की ओर चल दिया। पंडितजी ने साईं बाबा के विषय में जो कुछ कहा था, उसे सुनकर वहां बैठे सभी लोग बड़ी हैरानी के साथ साईं बाबा को देख रहे थे। जिस दिन से साईं बाबा इस गांव में आए हैं, पंडितजी जैसे रात-दिन हाथ धोकर उनके पीछे पड़ गये थे। उन्हें तो जैसे साईं बाबा के विरुद्ध जहर उगलने के अलावा और कोई काम ही नहीं था। साईं बाबा को पंडितजी की इन बातों से जैसे कोई मतलब ही नहीं था। वह फिर से ईश्वर सम्बंधी चर्चा करने लगे। द्वारका माई मस्जिद अब साईं बाबा का स्थायी डेरा बन गयी थी। मस्जिद के एक कोने में साईं बाबा ने अपनी धूनी रमा ली थी। जमीन ही उनका बिस्तर थी। साईं बाबा को अपने खाने-पीने की कोई फिक्र न थी। जो कुछ भी उन्हें मिल जाता था, खा

लेते थे। दो-चार घर से बाबा भिक्षा मांग लिया करते थे। दादू भभूति लेकर तेजी के साथ अपने घर आया। उसे बहुत ज्यादा चिंता सता रही थी, पर साईं बाबा की बात पर उसे पूरा विश्वास था। उसने वैसा ही करने का निर्णय किया, जैसा कि उसे साईं बाबा ने बताया था। मन-ही-मन उसे बड़ी तसल्ली मिल रही थी। उसे पूरा विश्वास था कि उसके सभी संकट दूर हो जाएंगे। घर पहुंचने पर उसने सबसे पहले अपनी अंधी मां की आंखों में भभूति सुरमे की भांति लगा दी और थोड़ी-सी भभूति अपनी अपाहिज बहन को देकर कहा, 'यह साईं बाबा की भभूति है, इसे ठीक से अपने हाथ-पैरों पर मल ले।' फिर उसने बेहोश पड़ी अपनी पत्नी का मुंह खोलकर थोड़ी-सी भभूति उसके मुंह में डाल दी। बाकी भभूति एक कपड़े में बांधकर पूजाघर में रख दी। फिर अपनी पत्नी के सिरहाने बैठ गया। थोड़ी देर बाद उसने महसूस किया कि सीता की उखड़ी हुई सांसें अब ठीक होती जा रही हैं। अब उसके गले में घरघराहट भी नहीं हो रही हैं। चेहरे का तनाव और पीड़ा भी अब पहले की अपेक्षा काफी कम हो गयी है। थोड़ी देर बाद सहसा सीता ने आंखें खोल दीं और बिना किसी सहारे के उठकर बैठ गई। 'अब कैसी तबियत है सीता।' दादू ने अपनी पत्नी से पूछा।

'जी मिचला रहा है शायद उल्टी आयेगी।' सीता ने कहा।

'ठहरो! मैं कोई बर्तन तुम्हारी चारपाई के पास रख देता हूं, उसी में उल्टी कर लेना। बिस्तर से उठो मत।' दादू ने कहा और फिर उठकर बाहर चला गया। सीता को निरंतर हिचकियां आ रही थीं। उसने अपने आपको रोकने की बहुत कोशिश की, लेकिन रोक नहीं पाई। वह तेजी से बिस्तर से उठने लगी।

'यह क्या कर रही हो भाभी, तुम मत उठो। बिस्तर पर लेटी रहो। चारपाई के नीचे उल्टी कर दो। मैं सब साफ कर दूंगी।' सीता की अपाहिज ननद सावित्री ने कहा। 'नहीं...नहीं भाभी नहीं। तुम उठने की कोशिश मत करो।' उसकी अपाहिज ननंद धीरे-धीरे उसकी चारपाई की ओर बढ़ने लगी।

सीता नहीं मानी और आखिर हिम्मत करके बिस्तर से उठकर खड़ी तो

हो गई, लेकिन उठते ही उसे जोर से चक्कर आया। उसने घबराकर दीवार को पकड़ने की कोशिश की, लेकिन दीवार उसकी पहुंच से बहुत दूर थी। वह दीवार का सहारा नहीं ले पायी और धड़ाम से नीचे गिर पड़ी। 'भाभी...!' सावित्री के मुंह से एक तेज चीख निकली और उसने तेजी से लपककर सीता को अपनी बांहों में भर लिया और फिर दोनों हाथों से उठाकर बिस्तर पर लिटा दिया। फिर जैसे ही उसने सीता को बिस्तर पर लिटाया, एक आश्चर्यभरी चीख उसके होठों से निकल पड़ी। 'क्या हुआ बेटी।' अचानक अंधी मां ने सीता के बिस्तर की ओर बढ़ते हुए पूछा और फिर झुककर बेहोश सीता के चेहरे पर बिखर आये बालों को बड़े प्यार हटाते हुए पीड़ा और दर्दभरे स्वर में बोली, 'हाय! कितनी कमजोर हो गयी है। चेहरा भी कितना पीला पड़ गया है। ऐसा लगता है कि जैसे किसी के चेहरे पर हल्दी पोत दी हो।'

'मां...!' आश्चर्य और हर्ष-मिश्रित चीख एक बार फिर सावित्री के मुंह से निकल पड़ी। उसने अपनी मां के दोनों कंधे पकड़कर उनका चेहरा अपनी ओर घुमा लिया और फिर बड़े ध्यान से अपनी मां के चेहरे की ओर देखने लगी। मारे आश्चर्य के उसकी आंखें फटी जा रही थीं।

'इस तरह पागलों की तरह क्या आंखें फाड़-फाड़ देख रही है तू मुझे। बात क्या क्या है।' सावित्री की मां ने उसकी फटी-फटी आंखें और चेहरे पर छाये दुनिया बाहर के आश्चर्य को देखते हुए पूछा।

'मां...क्या तुम्हें सच में भाभी का पीला-पीला चेहरा दिखाई दे रहा है।' सावित्री ने जल्दी से पूछा।

'सब कुछ दिखाई दे रहा है। यह तू क्या कह रही है बेटी।' माँ ने कहा। वह फिर एकदम से चौंक पड़ी और बोली, 'अरे हां, यह क्या हो गया, अरे यह तो चमत्कार है चमत्कार।' वह प्रसन्नता-मिश्रित स्वर में बोली, 'मुझे तो सब कुछ साफ-साफ दिखाई दे रहा है। मैं तो अंधी थी।' फिर जोर से पुकारा, 'दादू ओ दादू, जल्दी से आ रे, देख तो मेरी आंखें ठीक हो गई। अब मैं सब देख सकती हूं, मैं सब कुछ देख रही हूं रे।'

मां की आवाज सुनकर दादू तेजी से दौड़ता हुआ अंदर आया और मारे आश्चर्य के जैसे वह पत्थर की मूर्ति बन गया। बहन जो अभी तक हाथ-पैरों से अपाहिज थी, मां के कंधों पर हाथ रखे सीता की चारपाई के पास खड़ी थी। अंधी मां अपनी आंखों के सामने अपना हाथ फैलाए अपनी अंगुलियां गिन रही थी। 'बोलो साईं बाबा की जय...।' दादू के होठों से बरबस निकल पड़ा। फिर वह पागलों की भांति दौड़ता हुआ घर से निकल गया। वह गांव की पगडंडियों पर 'साईं बाबा की जय' बोलते हुए पागलों की तरह भागा चला जा रहा था, भागा जा रहा था। उसका रुख द्वारका माई मस्जिद की ओर था। 'क्या हुआ दादू।' कुछ व्यक्तियों ने उसे रोककर पूछा।

'मेरे घर जाकर देखो।' दादू ने उनसे कहा और फिर दौड़ने लगा। दौड़ते-दौड़ते बोलते चला गया, 'चमत्कार हो गया ! चमत्कार हो गया! बोलो साईं बाबा की जय।' यह कहकर वह दौड़ता चला गया।

दादू की हालत देखकर एक व्यक्ति ने कहा, 'ऐसा लगता है, दादू की पत्नी चल बसी है और उसी की मौत के गम में यह पागल हो गया है। 'तभी अपने घर से बाहर चबूतरे पर बैठे पंडितजी ने दादू की हालत देखकर कहा, 'घरवाली तो चली गयी, अब अपाहिज बहन और अंधी मां भी जल्दी ही चल बसेंगी और फिर दादू भी। देख लेना एक दिन गांव के इन सभी जवान छोकरों का भी यही हाल होने वाला है, जो रात-दिन उस ढोंगी के पास बैठे रहते हैं।' फिर पंडितजी की नजर उन लोगों पर पड़ी जो इकट्ठा होकर दादू के घर की तरफ जा रहे थे। दादू की बात का सारे गांव में शोर मच गया था। साईं बाबा की भभूति से दादू की मां की आंखों में रोशनी आ गयी। अपाहिज बहन ठीक हो गई। टी.बी. की रोगी उसकी पत्नी स्वस्थ हो गयी। गांव भर में यह बात फैल गई। दादू के घर के सामने लोगों की भीड़ बढ़ती जा रही थी। साईं बाबा का चमत्कार देखकर सब हैरान रह गये थे। दादू रह-रहकर साईं बाबा की जय-जयकार के नारे जोर-जोर से लगा रहा था। लोग उसकी पत्नी, मां और बहन को देखकर आश्चर्यचकित रह जाते थे। गांव का प्रत्येक व्यक्ति साईं बाबा के प्रति श्रद्धा से नतमस्तक हो उठा। साईं बाबा वास्तव में एक चमत्कारी पुरुष हैं।

सबको अब पूरी तरह से इस बात का विश्वास हो गया। गांव में साईं बाबा की प्रतिष्ठा और भी ज्यादा बढ़ गयी। पंडितजी इस घटना से बुरी तरह से बौखला गये। वह साईं बाबा के बारे में बहुत अनाप-शनाप बकने लगे। गांववालों ने पंडितजी को पागल मानना शुरू कर दिया। कोई भी व्यक्ति उनकी बात सुनने के लिए तैयार न था। पंडितजी का विरोध करना कोई मायने नहीं रखता था। दादू की आंखों के आगे अपनी मां, बहन और बीमार पत्नी के मुरझाये चेहरे घूम रहे थे, लेकिन बाबा की कृपा उन पर हो चुकी थी।

दयालु साईं बाबा

दोपहर का समय था। साईं बाबा खाना खाने के बाद अपने भक्तों से वार्तालाप कर रहे थे कि अचानक सारंगी के सुरों के साथ तबले पर पड़ी थाप से मस्जिद की गुम्बदें और मीनारें गूंज उठीं। सब लोग चौंक उठे। दूसरे ही क्षण मस्जिद के दालान पर सारंगी के सुरों और तबलों की थापों के साथ घुंघरों की रुनझुन भी गूंज उठी। सभी शिष्य एक रूपसी नवयौवना की ओर देखने लगे। जिसके सुंदर बदन पर रेशमी घाघरा तथा चोली थी। जब वह नाचते हुए तेजी के साथ गोल-गोल चक्कर काटती थी, तो उसका रेशमी घाघरा गोरी-गोरी टांगों से ऊपर तक उठ जाता था। चोली बहुत तंग और छोटी इतनी थी कि देखने वाले को शर्म आती थी। कजरारी आंखों से वासना छलक रही थी। वह अपने में मग्न होकर, सब-कुछ खोकर नाच रही थी। सभी शिष्य बड़ी हैरानी से उसे देखने लगे। उन सबको बहुत आश्चर्य हो रहा था कि वह कहां से आ गयी। जरूर किसी आस-पास के गांव की होगी। उसका नृत्य करना भी बड़ा आश्चर्यजनक था। वह नाचती रही। घुंघरूओं की ताल, सारंगी के सुर और तबलों की थाप बराबर गूंजती रही। अचानक साईं बाबा धीरे से उठे और नर्तकी की ओर बढ़ने लगे। नर्तकी नाच रही थी।

साईं बाबा एक पल उसे देखते रहे और फिर उन्होंने एकदम झुककर नर्तकी के थिरकते पैर पकड़ लिये। 'बस करो मां, बस भी करो मां, तुम्हारे ये कोमल पैर इतनी देर तक नाचते-नाचते थक गए होंगे।' साईं बाबा ने कहा और नर्तकी के पैर दबाने लगे। थिरकते पैर एकदम रुक गये। घुंघरू थम गए। तभी एक दर्दभरी चीख गूंज गयी, 'बचाओ...बचाओ...सांप... सांप...।' सबने चौंककर उस तरफ देखा, जिधर से आवाज आ रही थी।

मस्जिद के खम्भे के पीछे पंडित और गणेश खड़े थे। दोनों के सामने काला नाग फन फैलाये खड़ा था। उसने पंडितजी की कलाई में डस लिया था। वह छटपटाते हुए चीख रहे थे। 'अरे नाग कहां से आया।' कई लोग चौंककर बोले। साईं बाबा मुस्कराते हुए उस नाग की ओर बढ़ने लगे। देखते-देखते वह नाग मोटी रस्सी के रूप में बदल गया। लोगों के आश्चर्य की सीमा न रही। बुरी तरह से थर-थर कांपते हुए गणेश ने एक नजर उस रस्सी पर डाली और साईं बाबा के पैर पकड़ लिये। मुझे क्षमा कर दो बाबा, मैं पापी हूं। सारा कुसूर मेरा ही है। कहते-कहते वह रोने लगा। नर्तकी का सारा बदन भय से कांप रहा था।

'साईं बाबा मुझे माफ...कर दो ...मैं तुम्हें... अपना शत्रु... समझता रहा था। मेरे सारे शरीर में जहर फैल चुका है। मुझे क्षमा कर दो...साईं बाबा ...!'

साईं बाबा ने अपना हाथ आकाश की ओर उठाकर कहा, 'फौरन उतर जा...। तुम्हें कुछ नहीं होगा पंडितजी...तुम्हें कुछ नहीं होगा...। यह तुम्हारी आत्मा का सारा पाप खत्म कर देगा।' पंडितजी लगभग बेहोश हो गये थे। उनके मुंह से झाग निकल रहा था। सारा शरीर लगभग नीला पड़ चुका था। बड़बड़ाना शुरू हो गया था। सबको पंडितजी की हालत देखकर यह विश्वास हो चला था कि अब पंडितजी का बचना संभव नहीं है। साईं बाबा ने पंडितजी का सिर अपनी गोद में रख रखा था और बार-बार बड़बड़ा रहे थे, 'चला जा, चला जा।' सब लोग आश्चर्य से यह दृश्य देख रहे थे। कुछ ही देर बाद पंडितजी के शरीर का रंग पहले की तरह हो गया। उनकी बंद आंखें खुलने लगीं। शरीर में मानो चेतना का संचार शुरू हो गया। पंडितजी का यह रूप परिवर्तन देख सबको राहत मिली। अब उनको यह विश्वास हो गया कि पंडितजी की जान बच गयी। साईं बाबा का चमत्कार सभी आंखें फाड़े आश्चर्य से देख रहे थे। थोड़ा समय और बीता। पंडितजी उठकर बैठ गए, जैसे उन्हें कुछ हुआ ही न हो। तभी द्वारका माई मस्जिद की गुम्बदें और मीनारें साईं बाबा की जय-जयकार भी गूंज उठीं।

जो मस्जिद में आया, सुखी हो गया

भीमा जी पाटील पूना जिले के गांव जुन्नर के रहनेवाले थे। वह धनवान होने के साथ उदार और दरियादिल भी थे। सन् 1909 में उन्हें बलगम के साथ क्षयरोग (टी.बी.) की बीमारी हो गयी। जिस कारण उन्हें बिस्तर पर ही रहना पड़ा। घरवालों ने इलाज कराने में किसी तरह की कोई कोर-कसर न छोड़ी। लेकिन कोई लाभ नहीं हुआ। वह हर ओर से पूरी तरह से निराश हो गये और भगवान से अपने लिए मौत मांगने लगे। फिर ऐसे में अचानक पाटिल को नाना साहब चांदोरकर की याद आयी। उन्होंने उन्हें लाइलाज बीमारी के बारे में विस्तार से वर्णन करते हुए पत्र लिखा। चूंकि नाना साहब भीमा पाटिल के पुराने मित्र थे, सो पत्र पढ़कर बेचैन हो उठे। जवाब में उन्होंने शिरडी और साईं बाबा का महत्व बताते हुए उनकी शरण लेने को कहा, कि अब इसके अलावा और कोई उपाय नहीं है। नाना साहब का पत्र पाकर, उनके वचनों पर विश्वास करते हुए उन्हें आशा की किरण दिखाई दी। उन्होंने शिरडी जाने की तैयारी की। साथ में घरवाले भी थे। उन्होंने उन्हें शिरडी में लाकर मस्जिद में बाबा के सामने लिटा दिया।

उस समय वहां पर नाना साहब और माधवराव (शामा) तथा अन्य भक्त भी उपस्थित थे। भीमा की हालत देखकर बाबा बोले, 'ये सब तो पूर्वजन्म के दुष्कर्मों का फल है, मैं कोई मुसीबत मोल लेना नहीं चाहता।' साईं बाबा का जवाब सुनकर भीमा ने बाबा के चरण छूकर, गिड़गिड़ाते हुए अपने प्राण बचाने की विनती की, तो बाबा के मन में करुणा पैदा हो गयी। बाबा पाटील से बोले, 'ऐ भीमा ! घबरा मत। जिस समय तू शिरडी में दाखिल हुआ, उसी क्षण तेरा बदनसीब दूर हुआ। मस्जिद का फकीर बड़ा दयालु है। वह रोग भी दूर करता है और प्यार से परवरिश भी करता है। जो

भी व्यक्ति श्रद्धा के साथ इस मस्जिद की सीढ़ी पर कदम रखता है, वह सुखी हो जाता है।'

यह सुनते ही भीमा बेफिक्र हो गया। भीमा बाबा के पास लगभग एक घंटा बैठा होगा, पर सबसे आश्चर्यजनक बात यह थी कि भीमा को पहले हर पांच मिनट में खूनी उल्टियां हो रहीं थीं। पर बाबा के सामने रहने पर उसे एक बार भी उल्टी नहीं हुई। रोग तो तभी समाप्त हो गया था, जब बाबा ने भीमा को दयालुता-भरे वचन कहे थे। बाद में बाबा ने भीमा जी को भीमाबाई के घर ठहरने के लिए कहा। बाबा के कहने पर भीमा पाटील भीमाबाई के घर रुक गया और थोड़े ही दिनों में उसका रोग पूरी तरह से ठीक हो गया। वह बाबा का गुणगान करता हुआ अपने घर लौट गया और बाबा के दर्शन करने के लिए आने लगा। भीमा की साईं बाबा ने निष्ठा बढ़ गई।

मां की पप्पी करने में क्या दोष

साईं बाबा के एक भक्त थे दामोदर घनश्याम बावरे। लोग उन्हें 'अण्णा चिंचणीकर' के नाम से जानते थे। साईं बाबा पर उनकी इतनी आस्था थी कि वे कई वर्ष तक शिरडी में आकर रहे। अण्णा स्वभाव से सीधे, निर्भीक और व्यवहार में रूखे थे। कोई भी बात उन्हें सहन न होती थी। पर मन में कोई कपट नहीं था। जो कुछ भी कहना होता था, दो टूक कह देते थे। अंदर से एकदम कोमल दिल और प्यार करने वाले थे। उनके इसी स्वभाव के कारण ही बाबा भी उन्हें विशेष प्रेम करते थे। एक बार दोपहर के समय बाबा अपना बायां हाथ कट्टे पर रखकर आराम कर रहे थे, सभी भक्त स्वेच्छानुसार बाबा के अंग दबा रहे थे। बाबा के दायीं ओर वेणुबाई कौजलगी नाम की एक विधवा भी बाबा की सेवा कर रही थी। साईं बाबा उन्हें मां कहकर पुकारते थे, जबकि अन्य सभी भक्त उन्हें 'मौसीबाई' कहा करते थे। मौसीबाई बड़े सरल स्वभाव की थी। उसे भी हंसी-मजाक करने की आदत थी। उस समय वे अपने दोनों हाथों की उंगलियां मिलाकर बाबा का पेट दबा रही थीं। जब वे जोर लगाकर पेट दबातीं तो पेट व कमर एक हो जाते थे। दबाव के कारण बाबा भी इधर-उधर हो जाते थे।

अण्णा चिंचणीकर भी बाबा की दूसरी ओर बैठे सेवा कर रहे थे। हाथों को चलाने से मौसीबाई का सिर ऊपर से नीचे हो रहा था। दोनों ही सेवा करने में व्यस्त थे। इतने में अचानक मौसीबाई का हाथ फिसला और वह आगे की तरफ झुक गयी और उनका मुंह अण्णा के मुंह के सामने हो गया। मौसीबाई मजाकिया स्वभाव की तो थी ही, वह एकदम से बोली, 'अण्णा तुम मेरे से पप्पी (चुम्बन) मांगते हो। अपने सफेद बालों का ख्याल तो किया होता। तुम्हें जरा भी शर्म नहीं आती।' इतना सुनते ही अण्णा गुस्से के मारे

आग बबूला हो गये और अनाप-शनाप बकने लगे, 'क्या मैं मूर्ख हूं। तुम खुद ही मुझसे छेड़छाड़ कर झगड़ा कर रही हो।' अब मौसी का भी दिमाग गरम हो गया। दोनों में तू-तू, मैं-मैं बढ़ गयी। वहां उपस्थित अन्य भक्त इस विवाद का आनंद ले रहे थे। बाबा दोनों से बराबर का प्रेम करते थे। कुछ देर तक तो बाबा इस तमाशे को खामोशी से देखते रहे। फिर इस विवाद को शांत करते हुए बाबा अण्णा से बोले, 'अण्णा ! क्यों इतना बिगड़ता है। अरे, अपनी मां की पप्पी लेने में क्या दोष है।'

बाबा के ऐसा कहते ही दोनों एकदम से चुप हो गये और फिर आपस में हंसने लगे तथा बाबा के भक्तजन भी ठहाका हंसी में शामिल हो गये।

साईं बाबा का आशीर्वाद

सुबह-सुबह इंस्पेक्टर गोपालराव अपने दरवाजे पर खड़े थे कि गांव का एक मेहतर अपनी पत्नी के साथ उनके घर के आगे से निकला। जैसे ही उन दोनों की दृष्टि उन पर पड़ी, मेहतरानी अपने पति से बोली, 'घर से निकलते ही किस निपूते का मुंह देखा है। पता नहीं हम सही से पहुंच भी पाएंगे या नहीं। आज रहने दो, कल चलेंगे। मुंह अंधेरे ही निकलेंगे जिससे निपूते का मुंह न देखना पड़े।' इंस्पेक्टर गोपालराव के दिल को मेहतरानी के ये शब्द तीर की भांति अंदर तक चीरते चले गये। इंस्पेक्टर ने संतान की इच्छा से चार विवाह किए थे। लेकिन एक भी संतान नहीं हुई थी। उन्होंने सोचा था कि शायद कोई कमी है। उन्होंने डॉक्टरों, वैद्यों, हकीमों आदि से इलाज कराया। सब कुछ ठीक था, पर संतान नहीं हो रही थी। इस घटना ने इंस्पेक्टर गोपालराव को बुरी तरह से झिंझोड़ कर रख दिया था। क्या नहीं था उनके पास प्रतिष्ठा, जमीन-जायदाद, सरकारी पद, धन सभी कुछ तो था। नौकरी के सिलसिले में जहां भी गए थे, पर्याप्त मान-सम्मान और यश प्राप्त हुआ। इसके बाद भी संतान न होना बड़े ही दुःख की बात थी।

संतान-प्राप्ति के लिये क्या-क्या नहीं किया। डॉक्टरों की दवाइयां, पंडितों के अनुष्ठान और ओझा, गुनियों के गंडे-ताबीज सभी कुछ बेकार सिद्ध हुए थे। मेहतरानी की बातें सुनकर उन्हें लगा कि निसंतान व्यक्ति का जीवन ही बेकार होता है। लोग सुबह उठकर उसका मुंह देखना अशुभ और अपशकुन समझते हैं। जब उन्होंने निश्चय कर लिया कि नौकरी छोड़ देंगे। सारी धन-सम्पत्ति चारों पत्नियों के नाम कर संन्यास लेंगे। यह निश्चय करने के बाद उन्होंने त्याग-पत्र लिखा और गहरे सोच-विचार में डूब गए। अभी कुछ ही समय बीता था कि

दरवाजे पर बाहर गाड़ी रुकने की आवाज सुनाई पड़ी। गोपालराव ने चौंककर दरवाजे की ओर देखा। 'गोपाल, गोपाल!' दरवाजे पर आवाज आयी और दूसरे ही पल उनका मित्र कमरे में आ गया। 'हैलो रामू !' गोपालराव उठकर खड़े हो गए।

'तुम इतनी सुबह-सुबह कैसे।' गोपालराव ने अपने मित्र का स्वागत करते हुए कहा।

'ट्रेन से अहमदाबाद जा रहा था, लेकिन जैसे ही ट्रेन यहां स्टेशन पर पहुंची, तभी किसी ने मेरे कान में कहा, 'रामू, यहीं उतर जा। गोपालराव तुम्हें याद कर रहा है। मैं बिना सोचे-समझे उतर गया। स्टेशन के बाहर आया तो मुझे घोड़ा-गाड़ी भी मिल गई और सीधा तुम्हारे घर चला आया।'

गोपाल अपने मित्र रामू की ओर देखने लगा। उसकी समझ में कुछ नहीं आ रहा था, यह सब क्या है। इस प्रकार एकाएक दोस्त का आ जाना गोपालराव के लिये बहुत आश्चर्य का विषय था। गोपालराव ने रामू का स्वागत किया। फिर पूछा, 'यह बताओ, घर में सब कैसे हैं।'

'हां, सब कुशल हैं। एकाएक तुम्हारे पास आने का मन हो गया था। ठीक किया, यदि आज न आते तो शायद फिर कभी न मिलना होता।' गोपालराव ने निराशाभरे स्वर में कहा।

'क्यों' रामू ने आश्चर्य से पूछा।

'क्या बताऊं!' गोपाल ने भर्राये हुए स्वर में कहा और फिर सुबह की घटना सुना दी।

'मेरी समझ में सब कुछ आ गया। अब जल्दी से तैयार हो जाओ। हम दोनों शिरडी चलेंगे।'

'दो-चार दिन यहीं रुको, फिर शिरडी चलेंगे।' गोपाल ने कहा।

'नहीं। आज ही शिरडी चलेंगे।' रामू ने जोर देते हुए कहा।

रामू के बार-बार जोर देने पर गोपालराव चुप रह गया। उसने कहा, 'तब ठीक है। मैं अभी तैयार हो जाता हूं।' फिर वह दोनों शिरडी के लिए रवाना हो गये। इंस्पेक्टर गोपाल और रामू जब शिरडी पहुंचे तो दिन ढल रहा था। द्वारका माई मस्जिद में रोशनी की तैयारियां हो रही थीं। साईं बाबा मस्जिद में चबूतरे पर बैठे थे। अनेक शिष्य उनके पास बैठे थे। तभी गोपाल और रामू ने एक साथ मस्जिद में कदम रखा। 'आओ गोपाल, आओ रामू! बहुत देर कर दी तुम लोगों ने। तुम तो सुबह दस बज चले थे शायद।' साईं बाबा ने मुस्कराहट के साथ दोनों का स्वागत किया। गोपाल और रामू ने ठिठक कर एक-दुसरे की ओर देखा। फिर उन्होंने आगे बढ़कर साईं बाबा के चरणों पर अपना सिर रख दिया। 'आज तुम दोनों ने एक साथ पांव छुए हैं। मस्जिद में भी एक साथ कदम रखा। मैं चाहता हूं तुम दोनों की मन की मुरादें भी एक साथ ही पूरी हों।' साईं बाबा ने दोनों को अपने पैरों पर से उठाते हुए कहा। फिर बाबा ने पास खड़े हाजी सिद्दीकी से कहा, 'सिद्दीकी आप तो हज कर आए हैं। बुजुर्ग व्यक्ति हैं और तजुर्बेकार भी। अब तक लाखों व्यक्ति आपकी नजरों के सामने से गुजरे होंगे, इंसान की आपको जबर्दस्त पहचान है। क्या आप यह बता सकते हैं कि इन दोनों में कौन हिन्दू है और कौन मुसलमान।' हाजी सिद्दीकी गोपालराव और रामू के चेहरों को बड़े ध्यान से देखने लगे और कुछ देर बाद बोले, 'साईं बाबा, आज तो मेरी बूढ़ी और तजुर्बेकार आंखें भी मुझे धोखा दे रही हैं। मैं नहीं बता सकता हूं कि इन दोनों में से कौन सा हिन्दू है और कौन मुसलमान। मुझे दोनों ही हिन्दू भी दिखाई दे रहे हैं और मुसलमान भी।'

'तुम ठीक कहते हो हाजी! ये दोनों हिन्दू भी हैं और मुसलमान भी। मैं भी यही चाहता हूं कि इनका रूप ऐसे ही बना रहे। ये दोनों हिन्दू भी रहें और मुसलमान भी।' साईं बाबा ने हंसते हुए कहा।

'साईं बाबा! जिस दिन हम दोनों के मन की मुरादें पूरी हो जायेंगी, उस दिन हम ऐसा काम करेंगे, जो समाज के लिए एक मिशाल बनेगी।' रामू ने साईं बाबा के पैर छूकर कहा।

'हां, बाबा! हम दोनों मित्र मिलकर जिस तरह से एक बन गए हैं, और उसी तरह हिन्दू और मुसलमान भी धर्म के भेद मिटा दें।' गोपाल ने कहा। रामू का वास्तविक नाम अहमद अली था, पर उसने जानबूझकर अपने को रामू कहना, कहलाना शुरू कर दिया था। उसकी वेषभूषा देखने में सदा मुसलमान के समान रहती थी, पूछने पर वह अपना नाम रामू ही बतलाता था।

'मेरी शुभकामनाएं और आशीर्वाद तुम दोनों के साथ हैं। तुम्हारी मनोकामना शीघ्र ही पूरी होगी।' साईं बाबा ने उन दोनों को मन से आशीर्वाद दिया।

ठीक नौ महीने बाद एक दिन गोपाल और रामू के घरों पर एक साथ थालियां बज उठीं। साईं बाबा के आशीर्वाद से दोनों की मनोकामना पूरी हो गई थी। दोनों के घर एक ही दिन, एक ही समय बच्चे पैदा हुए थे और दोनों ही लड़के थे। यह भी संयोग ही था कि जिस समय गोपाल ने मस्जिद की सीढ़ियों पर कदम रखा, ठीक उसी समय रामू भी मस्जिद की सीढ़ियों पर सामने से आ रहा था। 'ठहरो गोपाल!' रामू ने आवाज दी। गोपाल रुक गया। दौड़कर रामू के गले लिपट गया, 'रामू, आज मैं बहुत खुश हूं। साईं बाबा की कृपा से आज मेरे माथे का कलंक मिट गया। आज तक लोग मेरा मुंह देखना अशुभ समझते थे। और गोपाल, आज सवेरे तुम्हारा एक छोटा-सा भतीजा आ गया।' रामू ने गोपाल को अपनी बांहों में कसकर कहा। ऐसा लग रहा था, मानो उनको दुनिया की सारी खुशी मिल गयी हों। दोनों साईं बाबा के आशीर्वाद से पिता बन गये थे।

'साईं बाबा ने हम दोनों की मुरादें एक साथ पूरी कर दीं। अब हम दोनों एक साथ चलकर बाबा को यह खुशखबरी सुनायेंगे।' गोपाल ने हंसते हुए कहा।

दोनों मित्रों ने जैसे ही अगला कदम रखा, मस्जिद की सीढ़ी पर उनके मुंह से एक साथ निकला : साईं बाबा ! और फिर दोनों ने साईं बाबा के चरण स्पर्श किए। साईं बाबा ने दोनों को आशीर्वाद दिया। फिर उनका हाथ पकड़कर अपनी धूनी के पास ले गये। गोपाल बोला, 'साईं बाबा, हम दोनों यह चाहते हैं कि आज से शिरडी में हिन्दू और मुसलमानों के जितने भी त्योहार होते हैं,

दोनों धर्मों के लोग एक साथ मिलकर मनाया करें और इसकी शुरुआत इसी राम-नवमी से करना चाहते हैं, क्योंकि इस दिन हिन्दुओं के भगवान राम का जन्मदिन है और मुसलमानों के पैगम्बर हजरत मुहम्मद साहब का भी जन्मदिन है। हिन्दू-मुस्लिम एकता को बढ़ाने के लिए इस परम्परा के लिए इससे शुभ दिन और कोई नहीं हो सकता।'

'गोपाल की बात का मैं भी समर्थन करता हूं।' नई मस्जिद के इमाम साहब जल्दी से बोले, 'मैं शिरडी के मुसलमानों की ओर से आप सबसे वायदा करता हूं कि हिन्दुओं के जितने भी त्योहार हैं हम लोग भी उन त्योहारों को मनाया करेंगे।'

'ठीक है।' साईं बाबा मुस्कराये और बोले, 'मेरे लिये यह सबसे बड़ी खुशी की बात है। दोनों धर्म वालों के बीच भाईचारा स्थापित करना ही मेरा उद्देश्य है, तुम लोग तैयारी करो। कल भगवान राम और हजरत साहब का जन्मदिन एक साथ मनाया जायेगा।' यह सुनकर मस्जिद में उपस्थित सभी लोग खुशी से फूले न समाए। सबके लिए यह प्रसन्नता के साथ-साथ एकता बढ़ाने की भी महत्वपूर्ण बात थी।

महामारी से अनूठा बचाव

एक समय साईं बाबा ने लगभग दो सप्ताह से खाना-पीना छोड़ दिया था। लोग उनसे कारण पूछते तो वह केवल अपनी दायें हाथ की तर्जनी अंगुली उठाकर अपनी बड़ी-बड़ी आंखें फैलाकर आकाश की ओर देखने लगते थे। लोग उनके इस संकेत का अर्थ समझने की कोशिश करते लेकिन इसका अर्थ उनकी समझ में नहीं आता था। बस कभी-कभी उनके कांपते होठों से इतना ही निकलता, 'महाकाल का मुख अब खुल चुका है। सब कुछ उसके मुख में समा जायेगा। कोई भी नहीं बचेगा। एक-एक करके सब चले जाएंगे।' साईं बाबा के मुख से निकलते इन शब्दों को सुनकर लोग मारे भय के बुरी तरह से कांप उठते। वे बाबा से पूछते, लेकिन वह मौन हो जाते। उनकी कांपती हुई अंगुली आकाश की ओर उठती और वह लंबी सांस लेकर फटी-फटी आंखों से आकाश की ओर बस देखते रह जाया करते थे। गांव का वातावरण सहमासहमा-सा रहने लगा था। प्रत्येक बृहस्पतिवार को साईं बाबा की शोभायात्रा बड़ी धूमधाम से निकलती थी, लेकिन न जाने क्यों लोगों के मन किसी अनिष्ट की आशंका से आशंकित हो उठे थे।

बाबा की इन बातों को सुनकर यदि किसी को सबसे ज्यादा खुशी हुई तो वह पंडितजी थे। वह इस बात को अच्छी तरह से जानते थे कि साईं बाबा जो कुछ भी कहते हैं, वह सच ही होता है। उनकी भविष्यवाणी झूठी नहीं हो सकती। भविष्य में होने वाली घटनाओं को वे शायद पहले ही जान लेते थे। अकाल, बाढ़, महामारी ऐसी दैवी आपदाएं हैं, जो गांव-के-गांव पूरी तरह से बर्बाद करके रख देती हैं। इनका कोई इलाज नहीं है। गांव के सब लोग गांव छोड़कर चले जाते हैं। शायद ऐसा ही कोई संकट शिरडी में आने वाला है। पंडितजी यह सोच-सोचकर मन में बहुत खुश थे कि

यदि महामारी फैली तो लोग उनके पास ही अपना इलाज कराने के लिए आएंगे, जिससे उनको अच्छी-खासी कमाई होगी, जबकि सारा गांव अनिष्ठ की आशंका से चिंताग्रस्त था। वर्षा ऋतु समाप्त हो चुकी थी। बाढ़ आने की कोई संभावना न थी। अच्छी बारिश होने के कारण खेतों में फसलें भी अच्छी हुई थीं। अकाल पड़ने की भी संभावना नहीं थी। यदि कोई आपदा आ सकती थी, तो वह थी महामारी। यदि महामारी फैली तो पंडितजी का भाग्य खुल जाएगा। जब से साईं बाबा शिरडी में आए थे, पंडितजी की आमदनी तो खत्म-सी ही हो गयी थी। साईं बाबा की धूनी की भभूति असाध्य-से-असाध्य रोगों का समूल ही नाश कर देती थी। इसी वजह से पंडितजी के पास रोगियों ने आना बिल्कुल ही बंद-सा कर दिया था। फिर मंदिर में भी पूजा करने वालों की संख्या दिन-प्रतिदिन कम होती चली जा रही थी। केवल पांच-सात लोग ही ऐसे बचे थे, जो पूजा करने के लिए सुबह-शाम मंदिर आया करते थे। इसके अलावा शाम के समय प्रसाद के लालच में कुछ बच्चे भी मंदिर में इकट्ठे हो जाया करते थे। इस तरह मंदिर से होने वाली आमदनी भी नाममात्र की ही रह गयी थी। पुरोहिताई का धंधा भी बस ले-देकर ही चल रहा था। साईं बाबा के प्रवचनों को सुनकर लोगों में कथा सुनने की रुचि भी कम हो गई। वर्षा भी समय पर होती थी। इसलिए समय पर वर्षा कराने के बहाने से प्रत्येक वर्ष होने वाला यज्ञ भी होना अब बंद हो गया था। भूत-प्रेत, ब्रह्मराक्षस तो जैसे बाबा के गांव में कदम रखते ही गांव से पलायन कर गये थे। गांव में अब किसी भी तरह का उत्पात नहीं होता था। प्रत्येक घर में सुख-शांति का बसेरा था। आपस के लड़ाई-झगड़े भी अब होने बंद हो चुके थे। पंडितजी को जैसे कुछ काम ही नहीं मिल रहा था। वह सारे दिन अपने घर में बेकार ही पड़े रहते थे। घर में पड़े-पड़े पंडितजी बहुत दुखी हो गये थे। उनके सामने रोजी-रोटी की समस्या खड़ी होने लगी थी। साईं बाबा बराबर चिंता में डूबे रहते थे। एकटक आकाश की ओर देखते रहते थे, किसी से कुछ भी न बोलते थे।

तभी आस-पास के बीस कोस के इलाके में हैजे की महामारी फैलने की खबर से शिरडी गांव में कोहराम मच गया। हैजे की महामारी से लोग

मरने लगे। पहले कुछ उल्टियां होतीं, दस्त होते और लोग मौत के मुंह में समा जाते। जब तक लोग रोग को समझ पाते, रोगी बिना दवा-दारू के ही भगवान के पास पहुंच जाता था। पंडितजी की सारी भाग-दौड़ व्यर्थ चली जाती थी। आस-पास के गांवों में हैजा फैलने की खबर सुनकर शिरडी के लोग भी अत्यंत चिंतित हो उठे। वह सब इकट्ठा होकर साईं बाबा के पास पहुंचे। 'बाबा...बाबा! आस-पास के गांवों में हैजा तेजी से पैर पसारता जा रहा है। अब तो वह हमारे गांव की सीमा की ओर भी बढ़ता आ रहा है। कहीं ऐसा न हो कि हमारा गांव भी इस महामारी की लपेट में आ जाए।' शिष्यों ने डरते-डरते साईं बाबा से कहा।

साईं बाबा कई सप्ताह से मौन थे। उन्होंने खाना-पीना छोड़ रखा था। सारे शिष्य और वाइजा मां उनसे मिन्नतें करके हार गये थे, लेकिन न तो बाबा ने खाना ही खाया और न ही किसी से कोई बातचीत ही की थी। लोगों की इस पुकार को सुनकर साईं बाबा ने एक गहरी ठंडी सांस छोड़ी और फिर आकाश की ओर पूर्ववत् की भांति देखने लगे। मस्जिद में उपस्थित लोग भी उन लोगों के साथ साईं बाबा के चेहरे को देखने लगे कि शायद बाबा इस महामारी से बचने का कोई उपाय बतायेंगे। साईं बाबा का चेहरा एकदम गंभीर पड़ गया। चिंता की लकीर उनके सलोने मुख पर स्पष्ट रूप से नजर आ रही थीं। ऐसा लगता था कि जैसे बाबा स्वयं किसी गहरी चिंता में हैं। कुछ कर पाने में स्वयं को असमर्थ पा रहे हैं। अचानक साईं बाबा ने अपनी आंखें मूंद लीं और बोले, 'तुम लोग कल सुबह आना। मैं सब बताऊंगा।' कहकर बाबा शांत हो गये। सब लोग बाबा की बात सुनकर चुपचाप उठकर अपने-अपने घरों को चले गए।

अगले दिन पौ फटते ही सब लोग द्वारका माई मस्जिद जा पहुंचे। देखा मस्जिद के दालान में बैठे हुए साईं बाबा चक्की में जौ पीस रहे थे और जौ का आटा चक्की के चारों तरफ फैला हुआ था। सब लोग चुपचाप खड़े साईं बाबा को जौ पिसते हुए देखते रहे। लेकिन साईं बाबा पूरी लगन के साथ जौ पीसे जा रहे थे। किसी की हिम्मत न हो रही थी कि वह उनसे कुछ पूछने का साहस जुटा

सकें। कुछ देर बाद एक भक्त ने साहस जुटाया और आगे बढ़कर पूछा, 'बाबा! आप यह क्या कर रहे हैं।'

'महामारी को भगाने की दवा बना रहा हूं। यह दवा है।' बाबा ने कहा, 'इस आटे को एक कपड़े में भरकर ले जाओ और गांव की सीमा में चारों ओर जहां-जहां तक महामारी फैली हो इस दवा को छिड़क आओ। परमात्मा ने चाहा तो इस गांव की सीमा में हैजे की महामारी प्रवेश न कर पायेगी।'

तब शिष्यों ने एक झोली में सारा आटा भर लिया और साईं बाबा की जय-जयकार करते हुए गांव की सीमा की ओर चल पड़े। दोपहर तक गांव के चारों ओर सीमा पर आटे से लकीर-सी बना दी गयी। इस प्रकार साईं बाबा द्वारा पीसे गये आटे से सारा गांव बांध दिया गया। साईं बाबा की इस बात पर पंडितजी को विश्वास न हो पा रहा था कि हैजे जैसी महामारी का प्रकोप इस तरह से रुक सकता है। हैजे का प्रकोप आस-पास के गांवों में बड़ी तेजी के साथ बढ़ता जा रहा था। दस-पांच आदमी रोजाना मौत के मुंह के समाते चले जा रहे थे। चारों ओर हाहाकार मचा हुआ था। साईं बाबा की इस अनोखी दवा का समाचार आस-पास के गांवों तक भी पहुंच गया। लोग दवा मांगने के लिए द्वारका माई मस्जिद आने लगे। लोग साईं बाबा के पास पहुंचकर बड़े ही दयनीय स्वर में कहने लगे, 'हमें भी दवा दे दो बाबा! हम पर भी अपनी दया करो। हमारा तो सारा गांव श्मशान बन गया है।'

'अरे, तुम लोग इतना परेशान क्यों हो रहे हो। जितनी दवा है, आपस में बांटकर ले जाओ और गांव के प्रत्येक घर में छिड़क दो। जो बीमार होगा ठीक हो जाएगा और यह महामारी तुम्हारे गांव से भी भाग जायेगी।' बाबा ने उन्हें सांत्वना देते हुए कहा।

आस-पास के गांवों के लोग बाकी बची हुई दवा को बांटकर ले गए। साईं बाबा की चक्की की घर्र-घर्र की आवाज फिर मस्जिद के गुम्बदों और मीनारों को गुंजायमान करने लगी। दवा दूर-दूर के गांवों में पहुंच जाती, वहां हैजे की बीमारी का नामोनिशान ही मिट जाता। बीमार इस तरह से उठकर खड़े हो

जाते, मानो वह बीमार पड़े ही नहीं हों। दवा एकदम रामबाण के समान अपना काम कर रही थी। महामारी गधे के सींग की तरह गायब होती जा रही थी। साईं बाबा की दवा की कृपा से सैकड़ों घर उजड़ने से बच गये। हर तरफ बस साईं बाबा की जय-जयकार के स्वर ही सुनाई पड़ रहे थे। साईं बाबा की कृपा से सबसे अधिक नुकसान यदि किसी का हुआ तो वह थे पंडितजी ! उनको कोई भी नहीं पूछ रहा था। महामारी फैली पर उनके दवाखाने में एक भी आदमी दवा लेने तक न आया। पंडितजी साईं बाबा से बड़ी बुरी तरह से जले-भुने बैठे थे। साईं बाबा उन्हें गांव में ऐसे खटक रहे थे जैसे आंख में तिनका। पंडितजी दिन-रात इसी चिंता में घुले जा रहे थे कि किस तरह से साईं बाबा को नीचा दिखाकर, यहां शिरडी से निकाल भगाया जाये। वह अपने मन में बराबर उनके लिए नयी-नयी योजनाएं बना रहे थे, पर उनकी सारी योजनाएं अमल में लाने पर असफल होकर रह जाती थीं।

बाबा के चरणों में प्रयाग

साईं बाबा बैठे हुए थे कि अचानक एक व्यक्ति ने उनके सामने आकर हाथ जोड़ते हुए कहा, 'अब कुछ दिनों के लिए मुझे आपसे दूर रहना पड़ेगा। कुछ दिनों के लिए बाहर जा रहा हूं। आशीर्वाद दीजिए मेरी यात्रा सफल हो।'

साईं बाबा ने मुस्कराकर उसकी ओर देखा और बोले, 'तुम यात्रा पर चले गए तो यह गांव सूना हो जाएगा। गांव वाले चाहे तुम्हारी कमी महसूस करें या न करें, लेकिन मुझे तुम्हारी कमी बहुत अखरेगी। कोई बात नहीं, जाओ। त्रिवेणी स्नान कर आओ। सुना है, जन्म-जन्मान्तर के पाप धुल जाते हैं।' वह सुनकर हैरान रह गया। अभी तो उसकी पत्नी और घरवालों को ही यह बात पता थी कि वह प्रयागराज त्रिवेणी स्नान करने जा रहा है। फिर साईं बाबा को इस बात का कैसे पता चला। उसने साईं बाबा के चरण पकड़ लिए और बोला, 'आप तो अन्तर्यामी हैं। मुझे आशीर्वाद दीजिए कि आपकी मुझ पर कृपा सदा ऐसे ही बनी रहे।' फिर उसने भावविह्वल होकर साईं बाबा के चरणों पर अपना मस्तक रख दिया।

उसे ऐसा लगा जैसे साईं बाबा के चरणों से एक साथ गंगा, यमुना और सरस्वती प्रवाहित हो रही हों। वह आश्चर्य से बाबा के चरणों से प्रवाहित होती उन तीनों धाराओं को देखने लगा। उसे अपनी आंखों पर सहसा विश्वास नहीं हो रहा था। वह यह सब कुछ जो देख रहा है, वह सत्य है या एक सपना। तभी उसने अनुभव किया, जैसे वह संगम में स्नान कर रहा है। यह सब अनुभव कर वह आश्चर्यचकित हो गया। दोनों हाथ जोड़कर बोला, 'धन्य हो बाबा! आप धन्य हो। आपके चरणों में बैठे-ही-बैठे मैंने त्रिवेणी स्नान कर लिया। अब मुझे प्रयागराज जाने की कोई आवश्यकता नहीं है।'

'तुमने त्रिवेणी स्नान यहीं बैठे-बैठे कर लिया।' साईं बाबा मुस्करा रहे थे।

'हां बाबा!' उसने प्रसन्न स्वर में कहा, 'मैं तो व्यर्थ में ही इधर-उधर भटक रहा था। मुझे क्या मालूम कि संसार के सारे तीर्थ इन चरणों में ही विद्यमान हैं।'

बाबा बोले, 'संसार के सारे तीर्थ ही नहीं स्वयं भगवान भी तुम्हारी भावनाओं में विराजमान हैं। केवल श्रद्धा, भक्ति और विश्वास की आवश्यकता है। माया-मोह से परे हटकर जब कोई व्यक्ति इन तीनों गुणों को अपना लेता है, सहज ही वह भगवान के दर्शन पा लेता है। यही ब्रह्म ज्ञान है।' मस्जिद में बैठे भक्तगण साईं बाबा की इस अद्भुत लीला को देखकर भाव-विभोर हो उठे। सबको इस बात पर बड़ा आश्चर्य हो रहा था। उसके व्यवहार पर सब चकित थे। वह तेजी से झुका और साईं बाबा के चरणों से लिपट गया। उसकी आंखों से आंसुओं की धारा बह निकली थी। वह श्रद्धा से गदगद हो गया।

घोड़े की लीद का रहस्य

अनंतराव पाटणकर पूना के रहनेवाले थे। उन्होंने वेद और उपनिषदों का अध्ययन कर लिया था। उनका तत्वज्ञान भी समझ लिया था। लेकिन इतना सब करने के बाद भी उनका मन शांत न था। उनके मन में साईं बाबा के दर्शन करने की प्रबल इच्छा थी। बाद में उन्होंने शिरडी में जाकर साईं बाबा के दर्शन किये, तो उन्हें बहुत प्रसन्नता हुई। बाबा की चरणवंदना करने के बाद वे बाबा से बोले, 'बाबा! मैंने वेद, पुराण, उपनिषद् आदि अनेक ग्रंथों का अध्ययन किया है, सुना भी है लेकिन मेरे मन को शांति नहीं मिली। इसलिए मेरी सारी मेहनत करनी व्यर्थ हो रही है। यह मैं समझ भी गया हूं। इसीलिए मैं आपकी शरण में आया हूं, अब आप ही मुझे कोई रास्ता बताइये और मेरे मन को शांति मिले, ऐसा आप आशीर्वाद भी दीजिये।'

तब साईं बाबा ने उसे एक कथा सुनायी। जो इस प्रकार है, 'एक बार एक सौदागर यहां आया था। उसकी घोड़ी ने उसके सामने ही लीद के नौ गोले डाल दिये। सौदागर बहुत जिज्ञासु प्रवृत्ति का था। उसने तुरंत दौड़कर अपनी धोती का एक छोर बिछाकर लीद के वे नौ गोले रख लिए। इससे उसके मन को बड़ी शांति मिली।' इतना कहकर बाबा चुप हो गये। पाटणकर ने इस पर बहुत सोच-विचार किया, परन्तु वह इस कथा का मर्म समझने में असफल ही रहे। उन्होंने दादा केलकर से इस कथा का अर्थ समझाने का निवेदन किया। इस पर दादा केलकर ने कहा, 'बाबा जो कुछ भी कहते हैं उसका अर्थ ठीक से मैं भी नहीं समझ पाता हूं। फिर भी बाबा ने जो कुछ कहा और जितना मैं समझ पाया हूं, वह मैं तुम्हें बताता हूं। वे बोले कि घोड़ी से अर्थ है, 'परमात्मा' की कृपा। नौ गोलों का अर्थ है, नवद्या भक्ति। नवद्या भक्ति इस प्रकार से हैं : श्रवण, कीर्तन, नामस्मरण, पाद-सेवन, अर्चन, वंदन, सेवा, संयम व आत्म-निवेदन।

यही भक्ति के नौ प्रकार हैं। जब तक इनमें किस भी भक्ति के द्वारा स्वयं को परमात्मा से जोड़ा न जाए, तो वह कृपा नहीं करता। जब तक मन में ईश्वर के प्रति भक्ति और प्रेम-भाव नहीं रहेगा। तब तक जप, तप, व्रत, योग, वेद-पुराण आदि पढ़ना-पढ़ाना सब व्यर्थ है। देवता प्यार के भूखे होते हैं, बिना लगन से किया हुआ भजन देवता को आकर्षित नहीं कर सकता और जो ईश्वर से प्रेम करता है, उसे फिर किसी साधन की आवश्यकता नहीं पड़ती। इन नौ साधनों में से किसी एक पर मन से किया गया प्रयास ही पर्याप्त है। ईश्वर उसी से संतुष्ट होता है। ईश्वर भक्ति ही सर्वोपरि है। सबके प्रति मन में प्रेमभाव रखोगे तो मन शांत होगा। स्वयं को सौदागर की भांति उत्सुकतापूर्वक सत्य को खोजकर नवद्या भक्ति को पा जाओ। तभी मन स्थिर होकर मानसिक शांति मिलेगी। बाबा ने तुम्हें यही भक्ति का संदेश दिया है।'

दादा से यह सब सुनकर पाटणकर खुश हो गये। दूसरे दिन जब पाटणकर बाबा के दर्शन करने मस्जिद गये तो बाबा ने पूछा, 'क्यों, क्या तुमने लीद के नौ गोले बांध लिये।' बाबा के इस प्रश्न का संकेत समझकर पाटणकर बोले, 'बाबा! आपकी कृपा के बिना यह कैसे संभव हो सकता है।' इस पर बाबा हंस पड़े और उसका कल्याण हो, इसके लिए बाबा ने आशीर्वाद दिया। पाटणकर ने बाबा के श्रीचरणों पर अपना सिर झुका दिया।

बाबा का गुस्सा

गोपालराव गुंड की एक इच्छा तो पूर्ण हो गई थी। उसी तरह उनकी एक और इच्छा भी थी कि मस्जिद का पुनर्निर्माण का कार्य भी कराना चाहिए। अपने इस विचार को साकार रूप देने के लिए उन्होंने पत्थर इकट्ठा करके उन्हें वर्गाकार बनवाया था, लेकिन इस कार्य का श्रेय उन्हें प्राप्त नहीं हुआ। शायद बाबा की इच्छा न थी। मस्जिद के पुनर्निर्माण का श्रेय नाना साहब चांदोरकर को मिला और आंगन के कार्य का श्रेय काका साहब दीक्षित को मिला। बाबा की शायद यही इच्छा थी कि यह कार्य इन्हीं के हाथों हो। बाबा से अनुमति प्राप्त करने के पश्चात देखते-ही-देखते एक ही रात में मस्जिद का पूरा आंगन बनकर तैयार हो गया। फिर भी साईं बाबा अपने उसी टाट के टुकड़े के आसन पर ही बैठते थे। बाद में टाट के टुकड़े को वहां से हटाकर उसकी जगह पर एक छोटी-सी गद्दी बिछा दी गयी। 1911 में बाबा के भक्तों ने भरपूर मेहनत करके सभामंडप को भी बना दिया था। क्योंकि मस्जिद का आंगन छोटा था और भक्तों की संख्या अधिक होने पर असुविधा होती थी। काका साहब दीक्षित आंगन को विस्तार देकर छप्पर बनवाने की इच्छा रखते थे। इसलिए उन्होंने आवश्यकतानुसार धन खर्च करके लोहे की बल्लियां आदि खरीद लीं।

उस समय बाबा एक रात मस्जिद चावड़ी में बिताते और सुबह को द्वारका मस्जिद में लौट आते थे। यह बात सबको पता थी। भक्तों ने घोर परिश्रम करके लोहे के खम्बों को गाड़ा, पर अगले दिन सुबह को चावड़ी से लौटते साईं बाबा ने उन खम्बों को उखाड़कर फेंक दिया और क्रोधित हो गए। गुस्से में बाबा एक हाथ से लोहे के खम्बे उखाड़ने लगे और दूसरे हाथ से तात्या के सिर पर से कपड़ा उतारकर उसमें आग लगाकर गड्ढे में फेंक दिया। बाद में उन्होंने अपनी

जेब से एक रुपये का सिक्का निकालकर उसे भी गड्ढे में डाल दिया। उस समय बाबा के क्रोध के मारे नेत्र अंगारे की तरह लाल सुर्ख हो रहे थे। बाबा का ऐसा विकराल रूप देखकर कोई भी उनके सामने आंख उठाकर देखने का साहस न जुटा सका। सभी उपस्थित लोग बड़े भयभीत होकर मन ही मन में बहुत घबरा रहे थे कि अब क्या होने वाला है। बाबा के इस रूप को देखकर कोई भी कुछ पूछने अथवा बाबा को मनाने की हिम्मत न जुटा सका। आखिर में बाबा का एक भक्त भागोजी शिंदे जो कुष्ठ रोग से ग्रस्त थे। बाबा को मनाने के लिए साहस करके आगे बढ़े तो बाबा ने उसकी जमकर पिटाई की। माधवराव देशपांड़े (शामा) उन्हें समझाने गये तो उसके साथ भी कुछ ऐसा ही हुआ। क्रोधावेश में बाबा ईंट के टुकड़े उठाकर फेंकने लगे। जो भी बाबा को मनाने के लिए आगे बढ़ा उसी की दुर्गति हुई। कुछ देर बाद साईं बाबा का क्रोध स्वयं ही शांत हो गया। तब बाबा ने वहां खड़े भक्तों में से एक दुकानदार को बुलाया और एक जरी वाला रूमाल खरीदकर उसे खुद अपने हाथों से तात्या के सिर पर बांधा। बाबा का ऐसा विचित्र व्यवहार देखकर उपस्थित भक्तों को बड़ा अचम्भा हुआ। उन्हें बाबा के एकाएक गुस्सा होने और तात्या को पीट डालने तथा फिर क्रोध के शांत हो जाने पर तात्या पर प्यार दर्शाना कुछ भी समझ में नहीं आया। उसके बाद बाबा की कृपा से सभागृह के निर्माण का कार्य शीघ्र ही पूरा हो गया। कई बार ऐसा देखने आया था कि बाबा कभी-कभी बिना किसी कारण के एकाएक क्रोधित हो जाते थे, तो पल भर में ही शांत भी हो जाया करते थे।

जब सिद्दीकी को अक्ल आयी

शिरडी के एक मुसलमान सिद्दीकी की बड़ी इच्छा थी कि किसी तरह वह मुसलमानों के पवित्र तीर्थ मक्का-मदीना की यात्रा पर जाए। पर, उसकी आर्थिक स्थिति ऐसी न थी कि वह हज के लिए पैसा इकट्ठा कर पाता। फिर भी वह इच्छा कर रहा था। वह प्रतिदिन द्वारका माई मस्जिद में पौधों को पानी देता था। साईं बाबा की धूनी के लिए भी जंगल से लकड़ियां काटकर लाता था। इस आशा से कि कभी साईं बाबा की उस पर कृपा हो जाए और वह हज की मुराद पूरी कर दें। एक दिन सिद्दीकी द्वारका माई मस्जिद के फर्श को पानी से धो रहा था कि अचानक साईं बाबा आ गए। साफ-सुथरा फर्श देखा, तो हंसकर बोले, 'फर्श की सफाई करने में तुम बहुत ही माहिर हो। तुम्हें तो काबा में होना चाहिए था।'

'मेरा ऐसा नसीब कहां।' सिद्दीकी ने साईं बाबा के चरण छूते हुए कातर स्वर में कहा।

'चिंता न करो सिद्दीकी। तुम काबा अवश्य ही जाओगे। बस समय का इंतजार करो।' साईं बाबा ने सिद्दीकी के सिर पर स्नेह से हाथ फेरते हुए कहा। उस दिन से सिद्दीकी काबा जाने का सपना देखने लगा। सोते-जागते, उठते-बैठते उसे हर समय दिखाई देता कि वह काबे में है। सिद्दीकी की छोटी-सी दुकान थी। जो सामान्य ढंग से चलती थी। पर साईं बाबा के आशीर्वाद से उसी दिन से दुकान पर ग्राहकों की भीड़ आश्चर्यजनक ढंग से आने लगी और कुछ ही महीनों में उसके पास हज यात्रा पर जाने के लायक रुपये इकट्ठा हो गये। फिर क्या था, वह मक्का-मदीना शरीफ की ओर चल पड़ा। कुछ महीनों बाद सिद्दीकी हज कर लौट आया। अब वह हाजी सिद्दीकी कहलाने लगा।

लोग उसे बड़े आदर-सम्मान के साथ हाजी जी कहकर बुलाते थे। सिद्दीकी को हज से आने के बाद अहंकार हो गया था। कई दिन बीत गए वह साईं बाबा के पास भी नहीं गया और द्वारका माई मस्जिद भी नहीं गया। एक दिन बाबा ने अपने शिष्यों से कहा, 'हाजी दिखलायी दे तो उससे कह देना कि इस मस्जिद में कभी न आए।'

इस बात को सुनकर शिष्य परेशान हो गये कि साईं बाबा ने आज तक किसी को भी मस्जिद में आने से नहीं रोका। केवल हाजी सिद्दीकी के लिए ही ऐसा क्यों कहा है। हाजी सिद्दीकी को साईं बाबा की बात बता दी गई। साईं बाबा की सुनकर हाजी सिद्दीकी को बहुत दुख हुआ। हज से लौटने के बाद उसने साईं बाबा के पास न जाकर बहुत बड़ी भूल की है। उन्हीं की कृपा से तो उसे हज यात्रा नसीब हुई थी। वह मन-ही-मन बहुत घबरा गया।

साईं बाबा का नाराज होना, उसके मन में घबराहट पैदा करने लगा। किसी अनिष्ट की आशंका से वह रह-रहकर भयभीत होने लगा। उसने निश्चय किया कि वह साईं बाबा से मिलने के लिये अवश्य ही जायेगा। साईं बाबा नाराज हैं। उनकी नाराजगी दूर करना मेरे लिए बहुत जरूरी है। सिद्दीकी ने हिम्मत की और वह द्वारका माई मस्जिद की ओर चल पड़ा। हाजी सिद्दीकी ने डरते-सहमते मस्जिद में कदम रखा। हाजी को देखते ही बाबा को क्रोध आ गया। साईं बाबा का क्रोध देखकर वह कांप उठा। साईं बाबा ने घूरकर उसे देखा। हाजी बुरी तरह से थर्रा गया। फिर भी वह साहस बटोरकर डरते-डरते पास गया और साईं बाबा के चरणों पर गिर पड़ा।

'सिद्दीकी तुम हज कर आए, लेकिन क्या तुम जानते हो कि हाजी का मतलब क्या होता है।' साईं बाबा ने क्रोधभरे स्वर में पूछा।

'नहीं बाबा! मैं तो अनपढ़ जाहिल हूं।' हाजी सिद्दीकी ने दोनों हाथ जोड़कर बड़े विनम्र स्वर में कहा।

'हाजी का मतलब होता है, त्यागी। तुममें त्याग की भावना है ही नहीं। हज के बाद तुममें विनम्रता पैदा होनी चाहिए थी, बल्कि अहंकार पैदा हो गया है।

तुम अपने आपको बहुत ऊंचा और महान समझने लगे हो। हज करने के बाद भी जिस व्यक्ति का मन स्वार्थ और अहंकार में डूबा रहता है, वह कभी हाजी नहीं हो सकता।'

'मुझे क्षमा कर दो साईं बाबा ! मुझसे गलती हो गयी।' हाजी ने गिड़गिड़ाते हुए कहा और वह बाबा के पैरों से लिपटकर फूट-फूटकर रोने लगा। वह मन-ही-मन पश्चाताप कर रहा था। उसकी आंखें भर आयी थीं। साईं बाबा के पास आकर उसने अपनी गलती स्वीकार कर ली थी।

बाबा बोले, 'सुनो हाजी, याद रखो कि इस दुनिया को बनाने वाला एक ही खुदा या परमात्मा है। इस दुनिया में रहने वाले सब इंसान, पशु-पक्षी उसी के बनाए हुए हैं। पेड़-पौधे, पहाड़, नदियां उसी की कारीगरी का एक नायाब नमूना हैं। यदि हम किसी को अपने से छोटा या नीचा समझते हैं, तो हम उस खुदा की बेअदबी करते हैं।' साईं बाबा ने हाजी से आगे कहा, 'यदि तुमने अपना ख्याल या नजरिया न बदला तो हज करना बेकार है। खुदा की इबादत करते हैं हम। इबादत का मतलब यही है कि हर मजहब और हरेक इंसान को अपने बराबर समझो।'

हाजी सिद्दीकी ने साईं बाबा के चरणों पर सिर रख दिया और बोला, 'साईं बाबा ! मुझे माफ कर दीजिये, आगे से आपको शिकायत का मौका नहीं दूंगा।'

मिस्टर थॉमस नतमस्तक हुए

ब्रिटिश काल में शिरडी गांव की गिनती पिछड़े हुए गांवों में हुआ करती थी। उस समय शिरडी और उसके आस-पास के लगभग सभी गांवों में ईसाई मिशनरियों ने अपने पैर मजबूती से जमा लिये थे। ईसाइयों के प्रभाव में आकर शिरडी के कुछ लोगों ने भी ईसाई धर्म स्वीकार कर लिया था। उन्होंने वहां गांव में एक छोटा-सा गिरजाघर भी बना लिया था। वहां पर उन्हें यह सिखाया जाता था कि हिन्दू या मुसलमान जिन बातों को मानें, चाहे वह उचित ही क्यों न हों, तुम उनका विरोध करो। हिन्दू और मुस्लिम जैसा आचरण करें, तुम उसके विपरीत आचरण करो, ताकि तुम उन सबसे अलग दिखाई पड़ो। उनका एकमात्र उद्देश्य हिन्दू और मुस्लिम सम्प्रदायों के बीच द्वेष उत्पन्न करके वैमनस्य पैदा करना था, जिससे वे अपना मकसद सिद्ध कर सकें। वे कहते थे कि ईसा मसीह में ही विश्वास करो। केवल वही ईश्वर का सच्चा पुत्र है। उसके अलावा जितने भी अवतार, पैगम्बर आदि हैं वे हिन्दुओं और मुसलमानों की अपनी बनाई हुई मनगढ़ंत कहानियां हैं। ईसाई संतों का आदर-सम्मान करो, क्योंकि वही एकमात्र सम्मान योग्य हैं। हिन्दू साधु-संत या मुस्लिम फकीरों की बात मत सुनो। वह सब ढोंगी होते हैं।

इस प्रकार की द्वेष भावना वह समाज में बराबर फैला रहे थे। आस-पास के इलाके में जब हैजे की महामारी फैली तो वह लोग भी इस महामारी से अछूते न रहे। ईसाई धर्म का प्रचार-प्रसार करने वाली मिशनरियों ने यह देखकर ब्रिटिश सरकार से सहायता प्राप्त कर उस इलाके में अस्पताल बनवा दिया। इस अस्पताल में दवा केवल उन्हीं लोगों को दी जाती थी, जो ईसाई थे। जो व्यक्ति ईसाई बनने के लिए तैयार हो जाते थे, उनका मुफ्त इलाज

करने के साथ-साथ रुपया-पैसा भी दिया जाता था। मिशनरी अस्पताल के इंजेक्शन और दवा से भी जब कोई भी फायदा होता हुआ दिखाई न पड़ा तो अनेक ईसाई भी अपने पादरियों की कड़ी चेतावनी को अनसुना कर, साईं बाबा की शरण में आने लगे। साईं बाबा के लिए जात-पात का कोई महत्त्व न था। वह सभी मनुष्यों के प्रति समभाव रखते थे। जो कोई भी उनके पास पहुंचता था, वह उसी को अपनी ऊदी दे देते। उस ऊदी को तुरंत चमत्कारिक असर होता था और रोगी व्यक्ति मौत के मुंह में जाने से साफ बच निकलता था। यह सब देख-सुनकर पादरियों ने पहले तो ईसाइयों को धन का लालच दिया, फिर डराया-धमकाया भी, कि यदि साईं बाबा के पास दवा लेने के लिए गए तो सारी सुविधाएं छीन ली जाएंगी। लेकिन लोगों पर इन बातों का जरा-सा भी असर न हुआ। वह उनकी धमकियों में नहीं आये, क्योंकि यह उनकी जिंदगी और मौत का सवाल था। साईं बाबा की दवा तो रामबाण थी। वह निश्चित रूप से बीमारी का समूल नाश कर देती थी। इसका उन सब लोगों को पूरा विश्वास था। वह स्वयं भी इसका प्रत्यक्ष प्रभाव देख रहे थे। इस कारण वह सब भी साईं बाबा के पास आने लगे। उन्होंने रविवार को गिरजे में जाना भी बंद कर दिया। यह सब देखकर मिस्टर थॉमस के गुस्से का कोई ठिकाना न रहा। वह शिरडी में अपना पवित्र ईसाई धर्म फैलाने के लिये आये थे। वह एक पादरी थे। साईं बाबा के बढ़ते हुए प्रभाव को रोकने के लिए थॉमस ने यह निर्णय किया कि साईं बाबा को ढोंगी, झूठा सिद्ध कर दिया जाए। बड़े पैमाने पर उनके विरुद्ध प्रचार-प्रसार आरंभ कर दिया जाए। वह सीधे शिरडी गांव पहुंचे। साईं बाबा से मिलने के लिए, उनके दर्शन करने और प्रवचन सुनने के लिए लोग बड़ी-बड़ी दूर-दूर से आते रहते थे। लेकिन जब तक साईं बाबा की आज्ञा नहीं मिल जाती थी, किसी भी व्यक्ति को उनके पास दर्शन, चरण वंदना करने हेतु नहीं जाने दिया जाता था।

थॉमस के साथ भी ऐसा ही हुआ। वह द्वारका माई मस्जिद में पहुंचे तो साईं बाबा के भक्तों ने उन्हें मस्जिद के बाहर ही रोक दिया। थॉमस को मस्जिद के बाहर खड़े-खड़े घंटों हो गए, लोग आते-जाते रहे। बाबा उनसे मिलते रहे, लेकिन थॉमस को उन्होंने नहीं बुलाया। उस जमाने में प्रत्येक

अंग्रेज अपने आपको बड़ा आदमी समझता था। थॉमस अंग्रेज थे। साईं बाबा ने उन्हें मस्जिद के बाहर रोककर उनका अपमान किया था। वह इस अपमान को कैसे सहन कर सकते थे। उन्होंने साईं बाबा के शिष्यों से कहा कि वह बाबा से पूछ लें कि वह मुझसे मिलेंगे या नहीं, यदि वह नहीं मिलेंगे, तो मैं अभी लौट जाऊंगा। साईं बाबा का एक शिष्य थॉमस की खबर लेकर बाबा के पास गया। बाबा ने थॉमस का संदेश सुना और फिर मुस्कराकर कहा, 'जिन लोगों के मन में शंका, घृणा, क्रोध, पक्षपात आदि बुराइयां हैं, मैं उनसे मिलना नहीं चाहता। मिस्टर थॉमस से कहो, वह चले जायें। वैसे मैं उनसे कल मिल सकता हूं, आज की रात वह यहीं ठहरें। यदि वह अनिष्ट से बचना चाहते हैं तो उन्हें आज रात यहीं पर रुकना चाहिये। रुकेंगे, तो मैं उनसे जरूर मिलूंगा।' बाबा का संदेश थॉमस तक पहुंचाने के बाद उनसे आग्रह किया गया कि वह रात को यहीं पर ठहरें। उनके रहने और खाने-पीने की व्यवस्था कर दी जाएगी। किसी भी तरह की असुविधा नहीं होगी। थॉमस ने उसका आग्रह ठुकरा दिया और वह वापस चल दिए। वह तांगे में बैठकर शिरडी तक आए थे। उन्हें साईं बाबा की अनिष्ट की भविष्यवाणी ढोंग का ही एक अंग मालूम पड़ी। उनका तांगा अभी स्टेशन से आधे रास्ते पर ही होगा कि अचानक एक साइकिल सवार तेजी से उनके तांगे के सामने से भागा। तांगे वाले ने घोड़े को रोकने की अपनी ओर से भरपूर कोशिश की, पर घोड़ा नहीं रुका। तांगा उलट गया। मिस्टर थॉमस तांगे से नीचे गिर पड़े और वह लहूलुहान हो गये। तब सड़क पर आते-जाते राहगीरों ने उन्हें उठाया और अस्पताल में जाकर भर्ती कर दिया। रात को अस्पताल में जब थॉमस बेसुध सोए पड़े थे। अचानक उन्होंने देखा कि साईं बाबा उनके पलंग के पास खड़े हैं और उनके सिर पर बंधी पट्टियों पर हाथ फेरते हुए कह रहे हैं, 'तुमने मेरी बात का विश्वास नहीं किया था, फिर भी मैंने तुम्हारी रक्षा की। इस दुर्घटना में तुम्हारी मृत्यु निश्चित थी। यदि तुम मेरा कहना मानकर वहीं पर रुक गये होते तो मैं तुम्हें बचने का उपाय बता देता। तुम्हारे मन में तो मेरे प्रति अविश्वास भरा हुआ था, फिर भी तुम्हारी रक्षा करना मेरा धर्म था। मैंने तुम्हें बचा लिया।'

बाबा के अंतर्ध्यान होते थॉमस की आंख खुल गई। वह चौंककर इधर-उधर देखने लगे, लेकिन कहीं कोई भी न था। चारों ओर गहरा सन्नाटा पसरा हुआ था। कुछ दिनों के बाद ठीक हो जाने पर डॉक्टरों ने थॉमस को अस्पताल से छुट्टी दे दी। अस्पताल से छुट्टी मिलते ही मिस्टर थॉमस शिरडी की ओर चल पड़े। साईं बाबा के प्रति उनके मन में भरा अविश्वास जाता रहा। धार्मिक कट्टरता भी अब न रही। थॉमस जब शिरडी आए तो साईं बाबा ने उनका स्वागत किया। थॉमस ने आते ही साईं बाबा के चरणों में अपना सिर रख दिया। आंखों में आंसू आ गये। वह बार-बार अपने अपराधों के लिए क्षमा मांगने लगे। वहां उपस्थित सब लोग यह दृश्य देखकर आश्चर्यचकित रह गये कि एक पादरी साईं बाबा के चरणों में नतमस्तक हो रहा है। सबने इसे एक चमत्कार ही माना। थॉमस ने सबके सामने साईं बाबा से क्षमा मांगी। फिर खुले शब्दों में कहा, 'साईं बाबा! आप एक महापुरुष हैं, पहुंचे हुए संत हैं। मैंने इस बात का प्रमाण स्वयं देख लिया है। आप मानव जाति का उद्धार करने के लिये ही इस धरती पर आये हैं।' इस घटना के पश्चात शिरडी ही नहीं, आस-पास के तमाम गांवों में भी साईं बाबा की जय-जयकार होने लगी। साईं बाबा के नाम का डंका दूर-दूर तक बजने लगा था। सर्वत्र ही उनके नाम की धूम मच गयी थी।

कुश्ती के बाद बाबा में बदलाव

अपने शुरुआती जीवन में साईं बाबा भी पहलवान की तरह रहते थे। शिरडी में मोहिद्दीन तंबोली नाम का एक पहलवान रहा करता था। बाबा से एक बार किसी बात पर उसकी कहा-सुनी हो गई। जिसके फलस्वरूप उसने बाबा को कुश्ती लड़ने की चुनौती दे डाली। बाबा अंतर्मुखी थे, फिर भी उन्होंने उसकी चुनौती को स्वीकार कर लिया। फिर दोनों में बहुत देर तक कुश्ती होती रही। आखिर में बाबा उससे कुश्ती में हार गये। मोहिद्दीन से कुश्ती में हार जाने के बाद बाबा के रहन-सहन और पहनावे में अचानक बदलाव आ गया। अब बाबा कफनी पहना करते, लंगोट बांधते और सिर पर सफेद कपड़ा बांधते, जिससे सिर ढंक जाए। आसन व सोने के लिये बाबा टाट का एक टुकड़ा ही प्रयोग में लिया करते थे। बाबा फटे-पुराने कपड़े पहनकर ही संतुष्ट रहते थे। बाबा सदैव अलमस्त रहते और कपड़ा, खाना इस चीजों पर उनका ध्यान तक नहीं होता। साईं बाबा सदैव यही कहते थे, 'गरीबी अव्वल बादशाही, अमीरी से लाख सवाई। गरीबों का अल्लाह भाई।' इसका अर्थ यह है कि अमीरी से बड़ी बादशाहत गरीबी में है। इसका कारण यह है कि गरीब का भाई, बंधु या सहायक अल्लाह, ईश्वर है। यदि इस पर विचार किया जाये तो अमीर को अनेक तरह की चिंताएं हर समय घेरे रहती हैं, वह सदैव उन्हीं में पड़ा रहता है। लेकिन गरीब व्यक्ति सदैव ईश्वर को ही याद करता रहता है। वैसे भी अभावों में ही, गरीबी में ही ईश्वर याद आता है अन्यथा कोई ईश्वर को याद नहीं करता। जो व्यक्ति ईश्वर की भक्ति में लीन रहता है, वह निश्चिंत रहता है। निश्चिंत रहने वाला व्यक्ति ही वास्तव में बादशाह है। इसीलिए शायद बाबा ऐसा उच्चारण किया करते थे।

कुश्ती का शौक पुणे तांबे के वैश्य संत गंगागीर को भी था। वे भी अक्सर शिरडी आते-जाते रहते थे। एक समय जब वह कुश्ती लड़ रहे थे तब अचानक ही उनके मन में कुश्ती त्याग देने का भाव पैदा हो गया। फिर एक अवसर पर उन्हें ऐसा महसूस हुआ, जैसे कोई उनसे कह रहा हो कि भगवान के साथ खेलते हुए शरीर को त्याग देने में ही इस जीवन की सार्थकता है। वस्तुतः यह उनकी अन्तर्रात्मा की आवाज थी। जिसका अर्थ यह था कि परमात्मा के श्रीचरणों में लगन लगाओ। इस अन्तर्रात्मा की आवाज को सुनने के बाद संत गंगागीर के मन में इस संसार से पूरी तरह वैराग्य पैदा हो गया और वे पूरी तरह अध्यात्म की ओर प्रवृत्त हो गए। इसके बाद में उन्होंने पुणे तांबे के नजदीक ही एक मठ बनाया और उसमें अपने शिष्यों के साथ रहने लगे। वहीं पर रहकर उन्होंने मोक्ष की प्राप्ति की। इधर, मोहिद्दीन से कुश्ती में हार जान के बाद साईं बाबा में भारी परिवर्तन पैदा हो गया था। बाबा अब पूरी तरह से अंतर्मुखी हो गये थे। बाबा अब न तो किसी से मिलते-जुलते थे और न ही किसी से बात किया करते थे। यदि कोई उनके पास अपनी समस्या आदि लेकर जाता था तो बाबा उसका मार्गदर्शन अवश्य करते थे। उनके श्रीमुख से परमार्थ विचार ही निकलते और उन अमृत बोलों से सुनने वाले धन्य हो जाते। अब बाबा का ठिकाना दिन में नीम के पेड़ के नीचे होता जहां पर वे बैठकर अपने स्वरूप (आत्मा) में लीन रहते। इच्छा होने पर गांव की मेड़ पर नाले के किनारे एक बबूल के पेड़ की छाया में बैठ जाते थे। संध्या समय बाबा वायु सेवन के लिए स्वेच्छानुसार विचरण करते थे। इच्छा होने पर बाबा कभी-कभार नीम गांव भी चले जाया करते थे। वहां के बाबा साहब डेंगले से साईं बाबा को विशेष लगाव था। बाबा साहब डेंगले के छोटे भाई नाना साहब डेंगले थे। उन्होंने दो विवाह किए, फिर भी वे संतान सुख से वंचित थे। एक बार नाना साहब को उनके बड़े भाई बाबा साहब ने शिरडी जाकर साईं बाबा के दर्शन कर उनसे आशीर्वाद लेने को कहा। नाना साहब ने अपने बड़े भाई की आज्ञा का पालन करते हुए शिरडी जाकर साईं बाबा के दर्शन किए। साईं बाबा के दर्शन और आशीर्वाद के परिणामस्वरूप एक निश्चित अवधि के बाद नाना साहब को पुत्र की प्राप्ति हो गई। ऐसे ही लोगों की मुरादें पूरी होती रहीं

और साईं बाबा की प्रसिद्धि दूर-दूर तक फैलती चली गयी। अब चारों ओर से अधिक संख्या में लोग बाबा के दर्शन करने के लिए रोजाना शिरडी आने लगे। बाबा अपने किसी भी भक्त को निराश नहीं करते और अपना आशीर्वाद देकर उसकी मनोकामना को पूर्ण करते। द्वारका माई मस्जिद में साईं बाबा को उनके भक्त दिनभर घेरकर बैठे रहते थे। रात को बाबा टूटी-फूटी हुई मस्जिद में सोया करते थे। बाबा का रहने का ठिकाना द्वारका माई मस्जिद था। वह दो हिस्सों में टूटी-फूटी इमारत थी। बाबा वहीं रहते, सोते और वहीं बैठक लगाते। बाबा के पास चिलम, तम्बाकू, टमरेल, लम्बी कफनी, सिर के चारों ओर लपेटने के लिए एक सफेद कपड़ा और सटका था। बाबा अपने सिर पर उस सफेद कपड़े को कुछ इस ढंग से बांधा करते थे कि कपड़े का एक किनारा बाएं कान के ऊपर से होकर पीठ पर गिरता हुआ ऐसा लगता था जैसे कि बाबा ने बालों का जूड़ा बना रखा हो। बाबा उस सिर पर बांधने वाले कपड़े को कई-कई सप्ताह तक नहीं धोते थे। साईं बाबा सदैव नंगे पैरों में ही रहा करते थे। उन्होंने अपने पैरों में कभी भी जूते-चप्पल या खड़ाऊं आदि पहनने का उपयोग नहीं किया था। आसन पर बैठने के नाम पर बाबा के पास टाट का एक टुकड़ा था, जिसे वे दिन के समय अपने बैठने के काम में लिया करते थे। सर्दी से बचने के लिए एक धूनी हर समय जलती रहती थी और आज भी वह धूनी मौजूद है। बाबा दक्षिण दिशा की ओर मुख करके धूनी तापते थे। धूनी में वे छोटे-छोटे लकड़ियों के टुकड़े डालते रहते थे। ऐसा करके बाबा अपनी अहं, इच्छा और आसक्तियों की आहुति दिया करते थे। कभी-कभी लकड़ी के गट्ठर पर हाथ रखे बाबा धूनी को टकटकी लगाये देखते रहते थे। बाबा की जुबान पर सदैव 'अल्लाह मालिक' का उच्चारण रहता था। बाबा के पास हर समय भक्तों का तांता लगा रहता था। उस मस्जिद की पुरानी हालत और स्थानाभाव को देखते हुए बाबा के शिष्यों ने सन् 1912 में उसे मरम्मत करके नया रंग-रूप प्रदान कर दिया। बाबा जब कभी भाव-विभोर हो जाया करते थे, तो वे तब अपने पैरों में घुंघरू बांधकर काफी देर तक नाचते-गाते रहते थे। यह दृश्य बहुत खूबसूरत होता था।

जब बाबा जौहर अली के चेले बने

साईं बाबा और मोहिद्दीन की कुश्ती के कुछ वर्षों के बाद जौहर अली नाम का एक मुस्लिम फकीर रहाता में अपने शिष्यों के साथ रहने आया। वह हनुमान मंदिर के पास एक मकान में डेरा जमाकर रहने लगा। वह अहमदनगर का रहने वाला था। जौहर अली बड़ा विद्वान था। कुरान शरीफ की आयातें उसे मुंह जुबानी याद थीं। मीठी बोली उसकी अन्य विशेषता थी। धीरे-धीरे रहाता के श्रद्धालु जन उससे प्रभावित होकर उसके पास आने लगे। उसके पास आने वाला व्यक्ति उसका बड़ा सम्मान करता था। पूरे रहाता में उसकी वाहवाही होने लगी थी। धीरे-धीरे उसने रहाता के लोगों का विश्वास प्राप्त कर बहुत सारी आर्थिक मदद भी हासिल कर ली थी। इसके बाद उसने हनुमान मंदिर के पास में ही ईदगाह बनाने का निर्णय लिया। लेकिन इस विषय को लेकर वहां के लोगों के साथ उसका विवाद हो गया। विवाद बढ़ जाने पर उसे रहाता छोड़कर शिरडी में शरण लेनी पड़ी। शिरडी में वह साईं बाबा के साथ मस्जिद में रहने लगा।

वहां पर भी उसने अपनी मीठी बोली के बल पर लोगों का दिल जीत लिया। साईं बाबा उसे पूरी तरह से पहचानते थे, मगर उसे टोकते न थे। साईं बाबा के कुछ न कहने पर बाद में उस फकीर की इतनी हिम्मत बढ़ गयी कि वह लोगों को यह बताने लगा कि साईं बाबा उसके शिष्य हैं। एक दिन उसने साईं बाबा से कहा, 'तू मेरा चेला बन जा।' साईं बाबा ने कोई ऐतराज नहीं किया और उसी पल 'हां' कर दी। वह फकीर उन्हें लेकर रहाता चला गया। गुरु (जौहर अली) अपने शिष्य (साईं बाबा) की योग्यता को नहीं जानता था। लेकिन शिष्य (साईं बाबा) गुरु (जौहर अली) के अवगुणों को भली भांति जानते थे। इतना सब कुछ जानते हुए भी साईं

बाबा ने कभी भी जौहर अली का अपमान नहीं किया और पूरी निष्ठा भाव से अपने गुरु के प्रति कर्त्तव्य का निर्वाह करते हुए गुरु की तरह सेवा की। उसकी प्रत्येक बात सिर-आंखों पर रखी और तो और साईं बाबा ने उसके यहां पानी तक भी भरा। लेकिन जब कभी साईं बाबा की इच्छा होती तो वह अपने गुरु जौहर अली के साथ शिरडी में भी आया करते थे। पर उनका रहना-सहना रहाता में ही था। लेकिन बाबा के भक्तों को उनका रहाता में रहना अच्छा नहीं लगता था। उन्हें अपने साईं बाबा वापस चाहिये थे। इसलिये सारे भक्त मिलकर बाबा को रहाता से वापस शिरडी लाने के लिए गए। वहां पर भक्तों की साईं बाबा से ईदगाह के पास मुलाकात हुई। बाबा के भक्तों ने उन्हें अपने रहाता आने का कारण बताया तो बाबा ने उन्हें फकीर के गुस्से के बारे में समझाते हुए वापस भेजना चाहा, परंतु उन लोगों ने वापस जाने से इंकार कर दिया। उनके बीच अभी बातचीत चल ही रही थी कि तभी वह फकीर वहां आ पहुंचा और जब उसे यह पता चला कि वह लोग उसके शिष्य (साईं बाबा) को लेने आये हैं, तो वह गुस्से में लाल-पीला हो गया। वह फकीर बोला, 'तुम इस बच्चे को ले जाना चाहते हो, यह नहीं जायेगा।' फिर दोनों पक्षों में काफी वाद-विवाद होने लगा। अंत में लोगों की जिद्द के आगे फकीर सोच में पड़ गया और अंत में यह निर्णय हुआ कि गुरु-शिष्य दोनों ही शिरडी में रहें। आखिर दोनों शिरडी वापस आकर रहने लगे। इस तरह उन्हें बहुत दिन शिरडी में रहते हुए बीत गए। तब एक दिन शिरडी के एक महात्मा देवीदास और जौहर अली दोनों में धर्म-चर्चा होने लगी, तो उसमें अनेक दोष पाए गये। महात्मा देवीदास साईं बाबा के साथ चांद पाटिल के साले के लड़के की बारात में 12 वर्ष पूर्व शिरडी आये थे। उस समय उनकी उम्र लगभग 10-12 वर्ष की रही होगी और वह हनुमान मंदिर में रहते थे।

वे सुंदर और बुद्धिमान थे। यानी वे ज्ञान और त्याग की साक्षात मूर्ति थे। तात्या, पाटिल, काशीनाथ तथा अन्य कई लोग उन्हें गुरु की तरह मानते और उनका सम्मान करते थे। तब हारने के डर से जौहर अली रात में ही भागकर बैजापुर गांव में चला गया। फिर कई वर्षों के बाद एक दिन वह

शिरडी आया और साईं बाबा के चरणों में गिरकर रोकर माफी मांगने लगा। उसने साईं बाबा की महत्ता को दिल से स्वीकार कर लिया। उसका भ्रम मिट चुका था कि वह स्वयं गुरु है और साईं बाबा उसके शिष्य। उसकी सच्ची भावना जानकर साईं बाबा ने उसे समझाया और फिर आध्यात्मिक उन्नति का मार्ग बताया।

धर्मग्रंथ, गुरु बिना पढ़ना है बेकार

एक तहसीलदार (व्ही. एच. ठाकुर) रेवेन्यू विभाग में कार्यरत थे। बहुत पढ़े-लिखे होकर भी उन्हें सत्संग से बहुत लगन थी। इसलिए अपने विभाग के साथ जहां कहीं भी जाते, यदि वहां किसी संत महात्मा के बारे में सुनते तो उनके दर्शन अवश्य करते। एक बार वे अपने ऑफिस के कार्य से जिला बेलगांव के पास बड़गांव गये। कार्य से निपटकर उन्होंने उसी गांव में कानडी संत अप्पा जी के दर्शन कर उनकी चरण-वंदना की। उस समय वे महात्मा निश्चलदास रचित 'विचार सागर' ग्रंथ का अर्थ अपने भक्तों के समक्ष कर रहे थे। यह वेदांत से संबंधित ग्रंथ है। कुछ देर बैठने के बाद जब उन्होंने जाने के लिए महात्मा जी से अनुमति मांगी तो उन महात्मा ने उन्हें अपना ग्रंथ देते हुए कहा, 'तुम इस ग्रंथ का अध्ययन करो। तुम्हारी सब मनोकामनाएं पूरी हो जाएंगी। इतना ही नहीं, भविष्य में जब तुम उत्तर दिशा की ओर जाओगे, तो तुम्हारी एक महापुरुष से भेंट होगी। वे तुम्हें परमार्थ की राह दिखायेंगे।'

ठाकुर साहब ने स्वयं को सौभाग्यशाली समझकर वह ग्रंथ बड़े प्रेम से माथे से लगाकर स्वीकार किया और बड़े आदर के साथ महात्मा जी से आशीर्वाद प्राप्त कर विदा हुए। कुछ समय बाद ठाकुर का तबादला कल्याण तहसील में उच्च पद पर हो गया, जो मुम्बई के नजदीक है। वहां पर उनकी भेंट साईं बाबा के भक्त नाना साहब चांदोरकर से हुई। चांदोरकर से साईं बाबा की लीलाएं सुनकर उनके मन में साईं बाबा के दर्शनों की तीव्र इच्छा हुई। उन्होंने चांदोरकर से अपनी इच्छा प्रकट कर दी। अगले ही दिन चांदोरकर शिरडी जाने वाले थे। उन्होंने ठाकुर से भी शिरडी चलने को कहा। इस पर ठाकुर ने अपनी मजबूरी बताते हुए कहा, 'नाना साहब! यह

अवसर तो अच्छा है, लेकिन क्या करूं। ठाणे की एक अदालत में पेशी है और मेरा उस मुकदमे के सिलसिले में उपस्थित होना जरूरी है। इसलिए चाहते हुए भी न चल सकूंगा।'

चांदोरकर ने कहा, 'आप मेरे साथ चलिये तो सही। बाबा के दर्शन हो जाने पर उस दावे की क्या बात है, बाबा सब संभाल लेंगे। ऐसा विश्वास रखो, और चलो मेरे साथ।'

लेकिन ठाकुर की समझ में यह बात नहीं आयी। वे बोले, 'अदालत के कानून तो आप जानते ही हैं। यदि तारीख निकल गयी तो आगे बहुत चक्कर लगाने पड़ेंगे।' और वे अपने निर्णय पर अड़े रहे। फिर चांदोरकर अकेले ही चले गये।

इधर जब ठाकुर ठाणे की अदालत पहुंचे तो पता चला कि आगे की तारीख मिल गयी है। तब उन्हें इस बात का बड़ा पछतावा हुआ कि नाना की बात मान लेता तो अच्छा होता। फिर वे यह सोच शिरडी पहुंचे कि साईं बाबा के दर्शन भी कर लेंगे और नाना साहब भी मिल आयेंगे। जब वे शिरडी गये तो पता चला कि नाना साहब तो वापस लौट चुके थे। इसलिए उनसे भेंट न हो पायी। फिर वे मस्जिद में बाबा के दर्शन करने के लिए गये। बाबा के दर्शन कर उन्हें बड़ी प्रसन्नता हुई । बाबा बोले, 'उस कानडी अप्पा का दिया हुआ 'विचार सागर' ग्रंथ पढ़ चुके हो क्या। उसका मार्ग तो भैंसे की पीठ पर चढ़कर घाट पार करना है। लेकिन यहां का मार्ग बहुत संकरीला है। उस पर चलना आसान नहीं है। इस पर चलने के लिए तुम्हें कठोर श्रम करना पड़ेगा। यहां कष्ट-ही-कष्ट हैं।'

साईं बाबा के ऐसे वचन सुनकर ठाकुर को बहुत प्रसन्नता हुई। उन्हें साईं बाबा के वचन सुनकर बड़गांव के कानडी महात्मा जी के वचन स्मरण हो आये। उन्होंने जिस महापुरुष के बारे में कहा था वे साईं बाबा ही हैं। यह बात उन्होंने अपने मन में धारण कर ली। फिर ठाकुर ने बाबा के चरणों में सिर झुकाकर विनती की, 'बाबा! आप मुझ अनाथ पर कृपा करके मुझे

अपना लो। मेरा इस संसार में कोई ऐसा नहीं जिसे मैं दिल से अपना कह सकूं।'

फिर बाबा उसे समझाते हुए बोले, 'अप्पा ने जो कहा था, वह सब सत्य है। जब तुम उसके अनुसार आचरण करके साधना करोगे, तभी मनोकामनाएं पूरी होंगी। सद्गुरु के बिना किताब का ज्ञान व्यर्थ है। फिर गुरु-मार्गदर्शन से ग्रंथ पढ़ना, सुनना और उस पर अमल करना। ये सब बातें फल देती हैं।' इस उपदेश के बाद ठाकुर बाबा के परम भक्त बन गये।

साईं बाबा द्वारा भिक्षा मांगना

साईं बाबा ईशावतार थे। सिद्धियां उनके आगे हाथ जोड़कर खड़ी रहती थीं। पर बाबा को इन बातों से कोई मतलब नहीं था। बाबा सदैव अपनी फकीरी में अलमस्त रहते थे। बाबा, जिनकी एक ही नजर में दरिद्र को बादशाहत देने की शक्ति थी, फिर भी वे भिक्षा मांगकर स्वयं का पेट भरते थे। भिक्षा मांगते समय बाबा कहा करते थे, 'ओ माई ! एक रोटी का टुकड़ा मुझे मिले।' बाबा सदैव हाथ फैलाकर भिक्षा मांगा करते थे। बाबा के एक हाथ में टमरेल और दूसरे हाथ में झोली हुआ करती थी। बाबा रोजाना पांच घरों से भिक्षा मांगते थे तथा कभी-कभी कुछ अन्य घरों में भी फेरी लगाया करते थे। बाबा रोटी, चावल झोली में लेते और तरल पदार्थ, सब्जी, छाछ, दाल, दही, दूध आदि टमरेल (टिन के बने हुए पात्र) में लेते थे। इस तरह से वह सब एक हो जाता।

वे कहते थे, 'साधु-संत कभी भी जीभ के स्वाद के लिए भोजन नहीं करते। वे समस्त सामग्री को एक जगह मिलाकर उसका सेवन करते हैं और सदा संतुष्ट रहते हैं।' बाबा ने भी कभी जीभ के स्वाद के लिए भोजन नहीं किया। साईं बाबा का भिक्षा मांगने का कोई समय निश्चित नहीं था। कभी-कभी सुबह ही 8-9 बजे भिक्षा मांगने निकल जाते थे। इस तरह गांव में घूमने के बाद मस्जिद लौट आते। यह भी उनका नित्य क्रम नहीं था। यदि मन हुआ तो जाते और जहां चाहते वहां मांगते, जो भी मिलता, वह ले आते। उसी में खुश रहते। मस्जिद में लौटकर आने के बाद भिक्षा में उन्हें जो कुछ भी मिलता था, वह सब एक कुंडी में डाल देते। उस कुंडी में से मस्जिद की साफ़-सफाई करने वाला, कौवे, चिड़िया, कुत्ते, बिल्ली आदि आकर अपना हिस्सा ले जाता। यदि कोई गरीब या भिखारी आया तो उसे

भी उसमें से प्रसाद अवश्य मिलता। बाबा सब जीवों के प्रति समान रूप से प्रेमभाव रखते थे, इसलिए बाबा ने कभी किसी को मना नहीं किया। बाबा उस भिक्षा पर कभी अपना हक नहीं मानते थे।

एक बार एक धनवान ने कहा, 'बाबा आप भिक्षा न मांगा करें?'

'क्यों?'

'मैं आपकी सारी व्यवस्था कर दूंगा, आप जैसी भी कहें वैसा ही हो जाएगा।'

'तुम्हारी भावना अच्छी है, वरना तुम्हारा व्यापार अब तक चौपट हो गया होता।'

अगले ही दिन उस धनवान को पता चला कि एक व्यापारिक जहाज समुद्र में डूब गया, लेकिन नाव की मदद से उसका सामान डूबते जहाज से बचा लिया गया था। उसने बाबा को धन्यवाद दिया।

संकटहरण श्री साईं

शाम का समय था। उस समय रावजी के दरवाजे पर धूमधाम थी। सारा घर तोरन और बंदनवारों से खूब अच्छी तरह से सजा हुआ था। बारात का स्वागत करने के लिए उनके दरवाजे पर सगे-संबंधी और गांव के सभी प्रतिष्ठित व्यक्ति उपस्थित थे। आज रावजी की बेटी का विवाह था। बारात आने ही वाली थी। कुछ देर बाद ढोल-बाजों की आवाज सुनायी देने लगी, जो बारात के आगमन की सूचक थी। 'बारात आ गई।' भीड़ में शोर मचा। थोड़ी देर बाद बारात रावजी के दरवाजे पर आ गयी।

रावजी ने सगे-सम्बंधियों और सहयोगियों के साथ बारात का गर्मजोशी से स्वागत किया। बारातियों का पान, फूल, इत्र, मालाओं आदि से स्वागत-सत्कार किया गया। फिर बारातियों को भोजन कराया गया। सभी ने रावजी के स्वागत और भोजन की प्रशंसा की। फेरे पड़ने का समय हो गया। 'वर को भांवरों के लिए भेजिये।' वर के पिता से रावजी ने निवेदन किया। 'वर तो भेज दूं लेकिन पहले दहेज दिखाओ। भांवरें तो दहेज के बाद ही पड़ेंगी।' वर के पिता ने कहा।

रावजी बोले, 'तो फिर चलिये। पहले दहेज देख लीजिए।' रावजी के सगे-सम्बंधियों ने वर के पिता की बात को मान लिया। वर का पिता अपने सगे-सम्बंधियों के साथ रावजी के आंगन में आया। आंगन में एक ओर चारपाइयों पर दहेज में दी जाने वाली समस्त चीजें रखी हुई थीं। वर के पिता ने एक-एक करके दहेज की सारी चीजें देखीं। फिर नाक-भौंह सिकोड़कर बोला, 'बस, यही है दहेज। ऐसा दहेज तो हमारे यहां नाई, कहारों जैसी छोटी जाति वालों के लड़कों की शादी में आता है। रावजी, आप दहेज दे रहे हैं या मेरे और अपने

रिश्तेदारों तथा गांव वालों के बीच मेरी बेइज्जती कर रहे हो। मैं यह शादी कभी नहीं होने दूंगा।'

इस पर रावजी के पैरों तले से धरती खिसक गयी। उन्हें ऐसा लगा जैसे आकाश टूटकर उनके सिर पर आ गिरा हो। यदि लड़की की शादी नहीं हुई और बारात दरवाजे से लौट गयी तो वह समाज में किसी को भी मुंह न दिखा सकेंगे। लड़की के लिए दूसरा दूल्हा मिलना असंभव हो जाएगा। कोई भी इस बात को मानने के लिए तैयार न होगा कि दहेज का लालची दूल्हे का पिता दहेज के लालच में बारात वापस ले गया। सब यही कहेंगे कि लड़की में ही कोई कमी रही होगी, तभी तो बारात आकर दरवाजे से लौट गयी। रावजी ने वर के पिता के पैर पकड़ लिये और अपनी पगड़ी उतारकर उसके पैरों पर डालकर गिड़गिड़ाते हुए बोले, 'मुझ पर दया कीजिए समधी जी! यदि आप बारात वापस ले गए तो मैं जीते-जी मर जाऊंगा। मेरी बेटी की जिंदगी बरबाद हो जायेगी। वह जीते-जी मर जायेगी। मैं बहुत गरीब आदमी हूं। जो कुछ भी दहेज अपनी हैसियत के मुताबिक जुटा सकता था, वह मैंने जुटाया है। यदि कुछ कमी रह गयी है तो मैं उसे पूरा कर दूंगा। पर, इसके लिए मुझे थोड़ा सा समय दीजिए।'

वर के पिता ने गुस्से में भरकर कहा, 'यदि दहेज देने की हैसियत नहीं थी तो अपनी बेटी की शादी किसी भिखमंगे के साथ कर देते। मेरा ही लड़का मिला था बेवकूफ बनाने को। अभी बिगड़ा ही क्या है। बेटी अभी अपने बाप के घर है। मिल ही जायेगा कोई न कोई भिखमंगा।' उस अहंकारी और दहेज के लोभी ने रावजी की पगड़ी उछाल दी और बारातियों से बोला, 'चलो, मुझे नहीं करनी अपने बेटे की शादी ऐसी लड़की से जिसका बाप दहेज तक भी न जुटा सके।' रावजी ने उसकी बड़ी मिन्नतें कीं, पर वह दुष्ट न माना और बारात वापस चली गयी। बारात के वापस जाने से रावजी बड़ी बुरी तरह से टूट गये। वह दोनों हाथों से अपना सिर पकड़कर रह गये। उनकी सारी मेहनत पर पानी फिर गया। अपनी बेटी के भविष्य के बारे में सोच-सोचकर वह बुरी तरह से परेशान हो गये। वह गांव शिरडी से थोड़ी ही दूर था। रावजी की आंखों से आंसू रुकने का नाम ही न ले रहे थे। सारे गांव की सहानुभूति उनके साथ

थी, पर रावजी का मन बड़ा व्याकुल था। बारात वापस लौट जाने के कारण वह पूरी तरह से टूट गये थे। वह खोये-खोये उदास-से रहने लगे थे। बारात को वापस लौटे कई दिन बीत गए थे। उन्होंने घर से निकलना बिल्कुल बंद कर दिया था। वह सारे दिन घर में ही पड़े रहते और अपनी बेबसी पर आंसू बहाते रहते थे।

अब तक इस घटना का समाचार साईं बाबा तक नहीं पहुंचा था। उनका गांव शिरडी से थोड़ी ही दूरी पर था। रोजाना ही उस गांव के लोग शिरडी आते-जाते थे। बारात का बिना दुल्हन के वापस लौट जाना कोई मामूली बात न थी। यह घटना सर्वत्र चर्चा का विषय बन गयी थी। आखिर एक दिन यह बात साईं बाबा तक भी पहुंच ही गयी। उन्हें बताया गया, 'रावजी इस अपमान से बहुत दुखी हैं। वह कहीं आत्महत्या न कर बैठें।' साईं बाबा को समाचार सुनाने के बाद रावजी का पड़ोसी चिंतित हो उठा। एकाएक साईं बाबा के शांत चेहरे पर तनाव पैदा हो गया। उनकी करुणामयी आंखें दहकते अंगारों में परिवर्तित हो गयी। क्रोध की अधिकता से उनका शरीर कांपने लगा। उनका यह शारीरिक परिवर्तन देखकर वहां उपस्थित शिष्य किसी अनिष्ट की आशंका से घबरा गए। साईं बाबा के शिष्य और भक्त उनका यह रूप पहली बार देख रहे थे। अगले दिन रावजी के समधी के गांव का एक व्यक्ति रावजी के पास आया। वह साईं बाबा का भक्त था। उसने बताया कि रावजी, भगवान के घर देर तो है, पर अंधेर नहीं। तुम्हारे समधी ने जिस पैर से तुम्हारी पगड़ी को ठोकर मारकर उछाला था, उसके उसी पैर को लकवा मार गया है। उसके शरीर का दायां भाग लकवाग्रस्त हो गया है। यह सुनकर रावजी ने दुखी स्वर में कहा, 'कितना कड़ा दंड मिला है उन्हें। मौका मिलते ही उन्हें एक-दो दिन में देखने जाऊंगा।' रावजी को मिला यह समाचार एकदम ठीक था। रावजी के समधी की हालात बहुत खराब थी। उनके आधे शरीर को लकवा मार गया था। वह मरणासन्न-सा हो गया। उसका जीना-न-जीना एक बराबर हो गया। वह अपने बिस्तर पर पड़े आंसू बहाते रहते। उनके इलाज पर रुपया पानी की तरह बहाया जा रहा था, पर रोग कम होने की जगह दिन-प्रतिदिन बिगड़ता ही जा रहा था। उनके

एक रिश्तेदार ने कहा, 'लालाजी! आप साईं बाबा के पास जाकर उनकी धूनी की भभूति क्यों नहीं मांग लेते, बैलगाड़ी में लेटे-लेटे चले जाइए। बाबा की धूनी की भभूति से तो असाध्य रोग भी नष्ट हो जाते हैं।' लाला इस बात को पहले भी कई व्यक्तियों से सुन चुके थे कि बाबा की भभूति से हजारों रोगियों को नया जीवन मिल चुका है। अगले दिन लाला के लड़के ने बैलगाड़ी जुतवाई और उसमें मोटे-मोटे गद्दे बिछाकर उन्हें आराम से लिटा दिया। लाला की बैलगाड़ी शिरडी में द्वारका माई मस्जिद के सामने आकर रुक गयी। लड़के ने अपने साथ आये आदमियों की सहायता से लाला को बैलगाड़ी से नीचे उतारा और गोदी में उठाकर मस्जिद की ओर चल दिया। साईं बाबा सामने ही चबूतरे पर बैठे हुए थे। लाला को देखते ही वे एकदम से आगबबूला हो उठे और अत्यंत क्रोध से कांपते स्वर में बोले, 'खबरदार लाला! जो मस्जिद के अंदर पैर रखा। तेरे जैसे पापियों का यहां कोई काम नहीं है। तुरंत चला जा, वरना सर्वनाश कर दूंगा।' दहशत के मारे लाला थर-थर कांपने लगा। बेटे ने उन्हें वापस लाकर बैलगाड़ी में लिटा दिया। वह कुछ सोचकर बोला, 'पिताजी साईं बाबा ने आपको मस्जिद में आने से रोका है। मुझे तो नहीं रोका, मैं चला जाता हूं।'

'ठीक है। तुम चले जाओ बेटा।'

लाला का बेटा मस्जिद के अंदर पहुंचा। साईं बाबा के चरण स्पर्श करके एक ओर बैठ गया। साईं बाबा बोले, 'तुम्हारे बाप के रोग का कारण दुष्कर्मों का फल है। उसने जीवन भर उचित-अनुचित तरीके और बेईमानी करके पैसा इकट्ठा किया है। वह पैसे के लिए कुछ भी कर सकता है। ऐसे लोभी, लालची और बेईमानों के लिए मेरे यहां कोई जगह नहीं है और बेटे, एक बात और याद रखो, जो संतान चोरी और बेईमानी का अन्न खाती है, अपने पिता की चोरी और बेईमानी का विरोध नहीं करती है, उसे भी अपने पिता के बुरे कर्मों, पापों दंड भोगना पड़ता है।' लाला का बेटा चुपचाप सिर झुकाये अपने पिता के कर्मों के बारे में सुनता रहा। 'तुम मेरे पास आए हो, इसलिए मैं तुम्हें भभूति दिए देता हूं। इसे अपने लोभी-लालची पिता को खिला देना। यदि वह ठीक हो जाए तो

उसे लेकर चले आना।' बेटे ने साईं बाबा के चरण स्पर्श किए और फिर दर्शन करने का वायदा करके चला गया। साईं बाबा की भभूति ने अपना चमत्कारी प्रभाव कर दिखाया। चार-पांच दिन में लाला बिल्कुल ठीक हो गया। उसके लकवा पीड़ित अंग पहले की ही तरह काम करने लगे। 'साईं बाबा ने कहा था कि यदि आप ठीक हो जाएं तो आप उनके पास अवश्य जायें।' लाला के बेटे ने अपने पिता ने कहा।

'मैं वहां जाकर क्या करूंगा बेटे! अब तो बीमारी का नामो-निशान भी बाकी न रहा। फिर बेकार में ही इतनी दूर क्यों जाऊं?'

'लेकिन साईं बाबा ने कहा था कि यदि आप उनके पास नहीं गये तो आपका रोग फिर बढ़ जाएगा और आपकी दशा पुनः ज्यादा खराब हो जाएगी।' बेटे ने समझाते हुए कहा।

वह शिरडी जाना नहीं चाहता था। उसका मतलब निकल गया था। फिर भी बेटे के समझाने पर वह तैयार हो गया। बृहस्पतिवार का दिन था। शिरडी में प्रत्येक बृहस्पतिवार उत्सव के रूप में मनाया जाता था। जब लाला शिरडी पहुंचे तो आस-पास सैकड़ों आदमियों की भीड़ जमा थी। भीड़ को देखकर लाला परेशान हो गया। उस भीड़ में ज्यादातर दीन-दुखी लोग थे। उन लोगों के साथ शामिल होना लाला को अच्छा न लगा। वह अपनी बैलगाड़ी में ही बैठा रहा। केवल बेटे ने ही शोभायात्रा में हिस्सा लिया और पूरी श्रद्धा के साथ प्रसाद भी ग्रहण किया। जब भीड़ कुछ छंट गयी तो, उसने साईं बाबा के चरण स्पर्श किये। बाबा ने उसके सिर पर स्नेह से हाथ फेरकर उसे आशीर्वाद दिया। फिर एक चुटकी भभूति देकर बोले, 'अपने पिता को तीन दिन दे देना। बचा-खुचा रोग भी नष्ट हो जाएगा।'

बेटे ने साईं बाबा के चरण स्पर्श किए और चला गया। साईं बाबा की भभूति के प्रभाव से तीन दिन के अंदर ही लाला को ऐसा अनुभव होने लगा, जैसे उसे नया जीवन प्राप्त हो गया हो। पिता की बीमारी के कारण बेटा उनका व्यापार देखने लगा था। लाला के बेटे को व्यापार का कोई अनुभव न था, फिर

भी बराबर लाभ हो रहा था। लाला यह देखकर बहुत हैरान थे। उन्हें यह सब कुछ एक चमत्कार जैसा लग रहा था। एक दिन लाला ने अपने बेटे से कहा, 'एक बात समझ में नहीं आ रही बेटे! तुम्हें व्यापार का कोई अनुभव नहीं था। डर लगता था कि तुम जैसे अनुभवहीन को व्यापार सौंपकर मैंने कोई गलती तो नहीं की है। लेकिन मैं देख रहा हूं कि तुम जो भी सौदा करते हो, उसमें बहुत लाभ होता है।'

'यह सब साईं बाबा के आशीर्वाद का ही फल है पिताजी! उन्होंने मुझे आशीर्वाद दिया। साईं बाबा तो साक्षात भगवान के अवतार हैं।' बेटे ने कहा।

'तुम बिल्कुल ठीक कहते हो बेटा! मुझे व्यापार करते हुए तीस वर्ष बीत चुके हैं। मुझे आज तक व्यापार में कभी इतना ज्यादा लाभ नहीं हुआ, जितना आजकल हो रहा है। वास्तव में साईं बाबा भगवान के अवतार हैं।' अब लाला के मन में भी साईं बाबा के प्रति श्रद्धा उत्पन्न हो रही थी। दूसरे दिन साईं बाबा की तस्वीरें लेकर एक फेरीवाला गली में आया। लाला ने उसे बुलाकर पूछा, 'ये कैसी तस्वीरें बेच रहे हो?'

'लालाजी, मेरे पास तो केवल शिरडी के साईं बाबा की ही तस्वीरें हैं। मैं उनके अलावा किसी और की तस्वीरें नहीं बेचता हूं।' तस्वीर बेचने वाले ने कहा। कुछ देर तक तो लाला सोचते रहे। उन्होंने सोचा, साईं बाबा की भभूति से ही मेरा रोग दूर हुआ है। उन्हीं के आशीर्वाद से मेरा बेटा व्यापार में बहुत लाभ कमा रहा है। यदि एक तस्वीर ले लूं, तो कोई नुकसान नहीं होगा। लाला ने एक तस्वीर पसंद करके ले ली। कुछ देर पहले ही दुकान का मुनीम पिछले दिन की रोकड़ लाला को दे गया था। वह अपने पलंग पर रुपये फैलाए उन्हें गिन रहे थे। लाला ने उन ढेरियों की ओर संकेत करके कहा, 'लो भई, तुम्हारी तस्वीर के जो भी दाम हों, इनमें से उठा लो।' पर तस्वीर बेचने वाले ने चांदी का केवल एक छोटा-सा सिक्का उठाया।

'बस इतने ही पैसे! ये तो बहुत कम हैं और ले लो।' लाला ने बड़ी उदारता के साथ कहा। तस्वीर बेचने वाले ने कहा, 'नहीं सेठ! बाबा कहते

हैं कि लालच इंसान का सबसे बड़ा शत्रु है। मैं लालची नहीं हूं। मैंने तो उचित दाम ले लिए। यह लालच तो आप जैसे सेठ लोगों को ही शोभा देता है।'

उसकी बात सुनकर लाला को ऐसा लगा कि जैसे उस तस्वीर बेचने वाले ने उनके मुंह पर एक करारा थप्पड़ जड़ दिया हो। उन्होंने अपनी झेंप मिटाने के लिए कहा, 'बहुत दूर से आ रहे हो। कम-से-कम पानी तो पी ही लो।'

'नहीं, मुझे प्यास नहीं है सेठजी!' ठीक तभी लाला का बेटा वहां आ गया। उसने साईं बाबा की तस्वीर देखी, उसे बहुत प्रसन्नता हुई। उसने तस्वीर बेचने वाले की ओर देखकर कहा, 'भाई, हमारे घर में साईं बाबा की कोई तस्वीर नहीं थी। मैं बहुत दिनों से उनकी तस्वीर खरीदने की सोच रहा था। यहां किसी भी दुकानदार के पास बाबा की तस्वीर नहीं थी।'

'चलिए, आज आपकी इच्छा पूरी हो गयी।' तस्वीर बेचने वाला हंसकर बोला।

'इस खुशी में आप जलपान कीजिए।' लाला ने बेटे ने प्रसन्नताभरे स्वर में कहा, 'साईं बाबा की कृपा से ही मेरे पिताजी का रोग समाप्त हुआ है। व्यापार में भी दिन दूना-रात चौगुना लाभ हो रहा है।'

'यदि आपकी ऐसी इच्छा है तो मैं जलपान अवश्य करूंगा।' तस्वीर बेचने वाले ने कहा। लाला अपने मन में सोचने लगा कि तस्वीर बेचने वाला भी बड़ा अजीब आदमी है। पहले लालच की बात कहकर मेरा अपमान किया। फिर जब मैंने पानी पीने के लिये कहा, तो पानी पीने से इंकार कर फिर से मेरा अपमान किया। मेरे बेटे के कहने पर पानी तो क्या जलपान करने के लिए तुरंत तैयार हो गया। तस्वीर वाले ने जलपान किया और अपनी गठरी उठाकर चला गया।

उधर, कई दिन के बाद रावजी ने सोचा कि शिरडी जाकर साईं बाबा के दर्शन कर आएं। उनके दर्शन से मन का दुख कुछ कम हो जाएगा। यही

सोचकर वह अगले दिन पौ फटके ही शिरडी के लिए चल दिया। शिरडी पास ही था। राव आधे घंटे में ही शिरडी पहुंच गया। अपमान की पीड़ा, चिंता से राव की हालत ऐसी हो गयी थी, जैसे वह महीनों से बीमार है। उनका चेहरा पीला पड़ गया था। मन की पीड़ा चेहरे पर स्पष्ट नजर आती थी। साईं बाबा ने अपने चरणों पर झुके हुए राव को उठाकर बड़े प्यार से उसके आंसू पोंछते हुए कहा, 'मैं तुम्हारा दुःख जानता हूं राव! तुम तो ज्ञानी पुरुष हो। यह क्यों भूल गए कि दुख-सुख, मान-अपमान का सामना मनुष्य को कब करना पड़ जाए, यह कोई नहीं जानता।' राव ने कोई उत्तर नहीं दिया। वह बड़बड़ायी आंखों से बस साईं बाबा की ओर देखता रहा। बाबा फिर बोले, 'जो ज्ञानी होते हैं वे दुख आने पर न तो आंसू बहाते हैं और न सुख आने पर खुशी से पागल होते हैं। यदि हम किसी को दुख देंगे, तो भगवान हमें अवश्य दुख देगा। यदि हम किसी का अपमान करेंगे तो हमें भी अपमान सहन करना पड़ेगा, यही भगवान का नियम है। इसी नियम से ही यह संसार चल रहा है।'

'नहीं, मुझे भगवान के न्याय से कोई शिकायत नहीं है।' रावजी ने आंसू पोंछते हुए कहा।

बाबा बोले, 'सुनो राव, कभी-कभी ऐसा भी होता है कि हमें अपने पूर्वजन्म के किसी अपराध का दंड इस जन्म में भी भोगना पड़ता है। कभी-कभी पिछले जन्मों का पुण्य हमारे इस जन्म में भी काम आ जाता है और हम संकट में पड़ जाने से बच जाते हैं। जो दुख तुम्हें मिला है, वह शायद तुम्हें तुम्हारे पूर्वजन्म के किसी अपराध के कारण मिला हो।'

राव ने प्रसन्नताभरे स्वर में कहा, 'हां! ऐसा हो सकता है बाबा। इस पर बाबा ने कहा, 'और राव, यह भी तो हो सकता है कि इस अपमान के पीछे कोई अच्छी बात छिपी हुई हो। बिना सोचे-विचारे भाग्य को दोष देने से क्या लाभ!' उसने पश्चाताप करते हुए कहा, 'मुझसे भूल हो गयी बाबा! दुःख और अपमान की पीड़ा ने मेरा ज्ञान मुझसे छीन लिया था। आपने मुझे मेरा खोया हुआ ज्ञान लौटा दिया है।'

‘तुम किसी बात की चिंता मत करो रावजी ! भगवान पर भरोसा रखो। वह जो कुछ भी करते हैं, हमारे भले के लिए ही करते हैं। तुम अगले बृहस्पतिवार को बिटिया को लेकर मेरे पास आना। भगवान चाहेंगे तो तुम्हारा भला ही होगा।’ साईं बाबा ने कहा। रावजी ने साईं बाबा के चरण छुए और उनका आशीर्वाद लेकर वापस अपने गांव लौट गया।

राव जब अपने गांव की ओर लौट रहा था, उसे तो अपना मन फूल की भांति हल्का महसूस हो रहा था। उसके मन का सारा बोझ हल्का हो चुका था। उधर तस्वीर वाले के चले जाने के बाद लाला बहुत देर तक किसी सोच में डूबा रहा। उसके चेहरे पर अनेक तरह के भाव आ-जा रहे थे। उसके मन में विचारों की आंधी चल रही थी। उसने अपना स्वभाव बदल दिया था। अब वह सुबह उठकर भगवान की पूजा करने लगा था। उसके पास जो कोई भी साधु-संन्यासी, अतिथि आता तो वह उसका यथासंभव स्वागत-सत्कार करता। वह जिस चीज की मांग करता, वह उसे पूरी करता। उसने साधारण कपड़े पहनने शुरू कर दिये थे। अकारण क्रोध करना भी छोड़ दिया था। लाला अक्सर अपने बेटे को समझता, ‘बेटा, जिस व्यापार में ईमानदारी और सच्चाई होती है, उसी में सुख और शांति रहती है। झूठ और बेईमानी मनुष्य का चरित्र पतन कर देती है। उसे फल भी अवश्य ही भोगना पड़ता है, इसमें कोई संदेह नहीं है।’

‘आप जैसा कहेंगे, मैं वैसा ही करूंगा पिताजी !’ बेटे का जवाब था।

उसने कहा, ‘मैंने रावजी की बेटी का तेरे साथ विवाह न करके बहुत बड़ा पाप किया है। रावजी बड़े ही नेक और सीधे-सादे आदमी हैं। वह भी साईं बाबा के भक्त हैं। बारात लौटाकर मैंने उनका बहुत बड़ा अपमान किया है।’

लड़का समझदारी से बोला, ‘जो कुछ बीत गया, अब उसके पीछे पश्चाताप करने से क्या लाभ पिताजी! अब आप यह सब भूल जाइए।’

लालाजी ने मन-ही-मन निश्चय कर लिया था कि राव की बेटी का विवाह अपने बेटे से कर, अपने पाप का प्रायश्चित अवश्य करेंगे। वह सबसे अपने

द्वारा किये गये व्यवहार के लिए भी क्षमा मांगने के बारे में सोच रहे थे। दिन बीतते गये। बृहस्पतिवार का दिन आ गया। लाला अपने बेटे के साथ मस्जिद के आंगन में पहुंचे, तो उनकी नजर राव पर पड़ी। राव भी उनकी ओर देखने लगे। अचानक लाला ने लपककर राव के पैर पकड़ लिये।

'अरे, अरे आप यह क्या कर रहे हैं सेठजी! मेरे पांव छूकर मुझे पाप का भागी मत बनाइए।' राव लाला के इस व्यवहार पर हैरान रह गये थे।

'नहीं रावजी, जब तक आप मुझे क्षमा नहीं करेंगे, मैं आपके पैर नहीं छोड़ूंगा।' लाला ने रुंधे गले से कहा, 'जब से मैंने आपका अपमान किया है, तब से मेरा मन रात-दिन पश्चाताप की अग्नि में जलता रहता है। जब तक आप मुझे क्षमा नहीं करेंगे, मैं पैर नहीं छोड़ूंगा।'

तभी एक व्यक्ति बोला, 'साईं बाबा आपको याद कर रहे हैं।'

वह दोनों साईं बाबा के पास गये। लाला ने साईं बाबा से अपने मन की बात कही। लाला का हृदय परिवर्तन देखकर साईं बाबा प्रसन्न हो गये। फिर उन्होंने पूछा, 'सेठजी, आप का रोग तो दूर हो गया है न?'

'हां बाबा! आपकी कृपा से मेरा रोग दूर हो गया, लेकिन मुझे सेठजी मत कहिये।'

बाबा बोले, 'तुम्हारे विचार सुनकर मुझे बड़ी खुशी हुई। एक मामूली सी बीमारी ने तुम्हारे विचार बदल दिए। किसी भी पाप का दंड यही है, अपने पाप को स्वीकार कर प्रायश्चित करना। यह धन-दौलत तो बेकार की चीज है। आज है कल नहीं। इससे मोह करना बुद्धिमानी नहीं है।' फिर तभी बाबा ने अपना हाथ हवा में लहराया। वहां उपस्थित सभी लोगों ने देखा, उनके हाथ में दो सुंदर व मूल्यवान हार आ गये थे। 'उठो सेठ, एक हार अपने बेटे को और दूसरा हार लक्ष्मी बेटी को दे दो। ये एक-दूसरे को पहना दें।' बाबा ने कहा। लाला ने एक हार अपने बेटे को और दूसरा रावजी की बेटी को दे दिया। दोनों ने हार एक-दूसरे को पहनाये और फिर साईं बाबा के चरणों में झुक गये। साईं बाबा ने आशीर्वाद दिया, 'तुम दोनों का कल्याण

हो। जीवनभर सुखी रहो।' राव और लाला की आंखें छलक उठीं। उन्होंने एक-दूसरे की ओर देखा, फिर दोनों ने एक-दूसरे को बांहों में भर लिया। सब लोग यह दृश्य देखकर खुशी से साईं बाबा की जय-जयकार करने लगे।

सांई बाबा दहेज प्रथा के घोर विरोधी थे और उन्होंने उस युग में प्रचलित सती प्रथा का भी घोर विरोध किया था। कुछ लोगों ने उनकी बातों का अनुकरण करते हुए दहेजरहित विवाह भी संपन्न कराए थे।

बाबा के विरुद्ध पंडितजी की साजिश

पंडितजी साईं बाबा को गांव से भगाने के विषय में सोच-विचार कर रहे थे कि तभी एक पुलिस कांस्टेबल आता दिखाई दिया। पंडितजी ने उसे दूर से ही पहचान लिया था। उसका नाम गणेश था। वह पंडितजी के पास आता-जाता रहता था। थाने में जितने भी पुलिस कर्मचारी थे, गणेश उन सबमें ज्यादा चालबाज था। लोगों को किसी भी फर्जी केस में फंसा देना तो उसके बायें हाथ का खेल था। रिश्वत लेने में उसका कोई सानी नहीं था। जो भी नया थानेदार आता वह अपनी लच्छेदार बातों, हथकंडों से उसे अपनी और मिला लेता था। फिर सीधे-सादे गांववासियों को सताना शुरू कर देता था। पंडितजी भी इस काम में उसकी भरपूर सहायता करते थे। उसे आया देखकर पंडितजी के मन को थोड़ी-सी शांति मिली। 'आओ, आओ गणेश!' पंडितजी बोले, फिर हाथ पकड़कर अपने पास चौकी पर बैठा लिया।

'कैसे हालचाल हैं पंडितजी ?' गणेश ने पूछ।

पंडितजी दुखभरे स्वर में बोले, 'बहुत बुरा हाल है। कुछ न पूछो। जब से साईं बाबा गांव में आया है, मेरा तो सारा धंधा ही चौपट होकर रह गया है। उसकी भभूति ने मेरा औषधालय बंद कर दिया। लोगों ने मंदिर में आना भी छोड़ दिया है। दुकानदार सुबह-शाम मंदिर आ जाते थे, उनसे थोड़ी-बहुत आमदनी हो जाती थी, पर दीपावली से वह भी बंद हो गयी।'

पंडितजी ने दीपावली की सारी घटना सुनाने के बाद कहा, 'गणेश भाई! यदि यहीं तक होता तो चिंता की कोई बात न थी। मेरे पास खेत हैं। उन खेतों से इतनी आमदनी हो जाती थी कि बड़े मजे से दिन गुजर जाते। लेकिन खेतों में

काम करने वाले मजदूरों ने खेतों में काम करने से मना कर दिया है। फसल का समय आ रहा है, यदि खेतों में समय पर फसल न बोयी तो साल भर खाऊंगा क्या ? मैं तो इस साईं से बहुत ही दुखी हूं। जब से साईं इस गांव में आया है तबसे न तो गांव में लड़ाई-झगड़ा होता है और न चोरी-डकैती। अब तो फूटी कौड़ी भी हाथ नहीं लग रही है। कोई ऐसा उपाय सोचो जिससे यह ढोंगी गांव छोड़कर भाग जाए।' गणेश सोच में पड़ गया। पंडितजी नाश्ता लेने अंदर चले गए। नाश्ता करने के बाद एक लम्बी डकार लेते हुए गणेश ने रहस्यपूर्ण स्वर में कहा, 'पंडितजी, पुलिस के जितने भी बड़े-बड़े अफसर हैं, वह सब इस साईं के चेले बन गए हैं। यदि उनसे इसके विरुद्ध कोई शिकायत की जाएगी तो वे सुनेंगे ही नहीं। दो-चार बार कभी साईं के विरुद्ध कुछ कहने की कोशिश की, लेकिन अभी अपना मुंह भी नहीं खोल पाया था कि अफसरों ने फटकारते हुए कहा, 'खबरदार, जो साईं के विरुद्ध एक शब्द भी कहा। वह इंसान नहीं भगवान का अवतार हैं।' उनकी डांट खाकर चुप रह जाना पड़ा। इसलिए उनसे तो उम्मीद करना ही बेकार है। यदि साईं को गांव से कोई निकाल सकता है तो वह सिर्फ गांव वाले।'

'भला गांव वाले उसे क्यों गांव से निकालने लगे, मेरी तो समझ में कुछ आया नहीं ?' पंडितजी बोले।

'देखो, पंडितजी! गांव वाले बहुत सीधे-सादे होते हैं। उन्हें झूठ और धोखे से बहुत घृणा होती है। उनका चाल-चलन एकदम साफ-सुथरा होता है। वह उस आदमी को कभी भी बर्दाश्त नहीं कर सकते, जिसका चाल-चलन ठीक नहीं होता और उस आदमी को तो किसी भी कीमत पर नहीं, जिसे वे साधु-महात्मा, सिद्ध या अपना गरु मानते हैं। साईं कुंवारा है और पंडितजी आप तो जानते ही हैं कि इस दुनिया में ऐसा कोई भी पुरुष नहीं है, जो औरत से बच सके। यदि किसी तरह किसी औरत के साथ साईं बाबा का सम्बंध बनाया जा सके, कोई औरत उसे अपने जाल में फंसा ले तो फिर साईं का पत्ता साफ।'

पंडितजी ने कहा, 'लेकिन साईं का तो किसी औरत से सम्बंध नहीं है। वह

तो प्रत्येक स्त्री को मां कहता है। उसके चाल-चलन के बारे में तो आज तक कोई ऐसी-वैसी बात सुनी ही नहीं गई है।'

गणेश ने एक आंख दबाते हुए मुस्कराकर कहा, 'नहीं है तो क्या हुआ, इस दुनिया में कौन-सा ऐसा काम है, जिसे न किया जा सके। बस पैसों की जरूरत है। यदि मेरे पास थोड़े-से रुपये होते तो मैं इस साईं को कल ही गांव से भगा दूं।

पंडितजी ने बेचैनी से पहलू बदलते हुए पूछा, 'तुम रुपयों की चिंता बिल्कुल मत करो। ये बताओ कि साईं को भगाओगे कैसे?' गणेश ने पंडितजी की ओर देखते हुए मुस्कराकर कहा, 'जरा अपना कान इधर लाइए।' पंडितजी अपना कान गणेश के मुंह के पास ले गये। गणेश धीरे-धीरे फुसफुसाकर उन्हें अपनी योजना समझाने लगा। पंडितजी के चेहरे से ऐसा प्रकट हो रहा था कि जैसे वह उसकी योजना से पूरी तरह सहमत है। वह उठकर अंदर चले गये और जब वापस लौटे तो उनके हाथ में कपड़े की एक थैली थी, जो रुपयों से भरी हुई थी। 'लो गणेश!' पंडितजी ने रुपयों की थैली गणेश की ओर बढ़ाते हुए कहा, 'पूरे पांच सौ हैं।'

गणेश ने थैली झपटकर अपने झोले में रख ली और उठकर बोला, 'अच्छा पंडितजी, अब आज्ञा दीजिए। चार-पांच दिन तो लग ही जाएंगे, तब आपसे मुलाकत होगी।'

'ठीक है।' पंडितजी ने कहा, 'तुम रुपयों की चिंता बिल्कुल मत करना। इस साईं को गांव से निकलवाने के लिए तो मैं अपना सब कुछ दांव पर लगा सकता हूं।' गणेश मुस्कराया और फिर चल दिया। लेकिन इनकी सभी चालें नाकाम हुईं और ये लोग साईं बाबा को गांव से भगा नहीं पाए। इन लोगों की हर चाल बेकार होने में भी बाबा का चमत्कार था।

पानी से दीप जले

साईं बाबा जब से शिरडी में आये थे। वे रोजाना शाम होते ही एक छोटा-सा बर्तन लेकर किसी भी तेल बेचने वाले दुकानदार की दुकान पर चले जाते और रात को मस्जिद में चिराग जलाने के लिए थोड़ा-सा तेल मांग लाया करते थे। दीपावली से एक दिन पहले तेल बेचने वाले दुकानदार शाम को आरती के समय मंदिर पहुंचे। साईं बाबा के मांगने पर वे उन्हें तेल अवश्य दे दिया करते थे, परंतु साईं बाबा के बारे में उनके विचार कुछ अच्छे नहीं थे। उन्हें साईं बाबा के पास मस्जिद में जाकर बैठना अच्छा नहीं लगता था। वहां का वातावरण उन्हें अच्छा नहीं लगता था, वह उनकी भावनाओं से मेल नहीं खाता था। शाम को दुकान बंद करने के बाद वह मंदिर में पंडित के साथ गप्पें मारना, दूसरों की बुराई करना अच्छा लगता था। साईं बाबा की निंदा करने पर पंडितजी को बड़ा आत्मसंतोष प्राप्त होता था। पंडितजी कुछ दुकानदारों से बोले, 'देखो भाई, कल दीपावली है और शास्त्रों में लिखा है कि दीपावली के दिन जिस घर में अंधेरा रहता है, वहां लक्ष्मी नहीं आती है। जो भी लक्ष्मी का थोड़ा-बहुत अंश उस घर में होता है, वह भी चला जाता है। सुनो, कल जब साईं बाबा तेल मांगने आएं तो उन्हें तेल ही न दिया जाए। वैसे तो उनके पास सिद्धि-विद्धि कुछ है नहीं, और यदि होगी भी तो कल दीपावली के दिन मस्जिद में अंधेरा रहने के कारण लक्ष्मी, उसका साथ छोड़कर चली जाएगी।'

इस पर दूसरे दुकानदार ने कहा, 'यह तो आपने मेरे मन की बात कह दी पंडितजी! हम लोग भी कुछ ऐसा ही सोच रहे थे। हम कल साईं बाबा को तेल नहीं देंगे।'

एक दुकानदार ने कहा, 'मैं तो सोच रहा हूं कि तेल बेचा ही न जाए। पूरा

गांव उसका शिष्य बन गया है और उसकी जय-जयकार करते नहीं थकते। गांव में शायद ही दो-चार के घर इतना तेल हो कि कल दीपावली के दीए जला सकें। बस हमारे चार-छह घरों में ही दीए जलेंगे।'

'हां, यही ठीक रहेगा।' पंडितजी तुरंत बोले।

सचमुच तुमने बिल्कुल ठीक कहा है। मैंने तो इस बारे में सोचा भी नहीं था।'

फिर यह तय हो गया कि कल कोई भी दुकानदार तेल नहीं बेचेगा, चाहे कोई कितनी ही कीमत क्यों न दे।

अगले दिन शाम को साईं बाबा तेल बेचने वाले की दुकान पर पहुंचे। उन्होंने कहा, 'सेठजी, आज दीपावली है। थोड़ा-सा तेल ज्यादा दे देना।'

'बाबा, आज तो तेल की एक बूंद भी नहीं है, कहां से दूं ? सारा तेल कल ही बिक गया। सोचा था कि सुबह को जाकर शहर से ले आऊंगा, त्योहार का दिन होने के कारण दुकान से उठने की फुरसत ही नहीं मिली। आज तो अपने घर में भी जलाने के लिए तेल नहीं है।' दुकानदार ने बड़े दुखी स्वर में कहा। साईं बाबा आगे बढ़ गए। तेल बेचने वाले सभी दुकानदारों ने यही जवाब दिया। साईं बाबा खाली हाथ लौट आये। तभी एक कुम्हार, जो उनका शिष्य था, उन्हें एक टोकरी दीये दे गया। साईं बाबा के खाली हाथ लौटने पर उनके शिष्यों को बड़ी निराशा हुई। उन्होंने बड़ी खुशी के साथ दीपावली के कई दिन पहले से ही मस्जिद की मरम्मत-पुताई आदि करना शुरू कर दी थी। उन्हें आशा थी कि अबकी बार मस्जिद में बड़ी धूमधाम के साथ दीपावली मनायेंगे। रात भर भजन-कीर्तन होगा। कई शिष्य अपने घर चले गए। घर से पैसे और तेल खरीदने के लिए चल पड़े। वह जिस भी दुकानदार के पास तेल के लिए पहुंचते, वह यही उत्तर देता कि आज तो हमारे घर में भी जलाने के लिए तेल की एक बूंद भी नहीं है। सभी शिष्य-भक्तों को निराशा के साथ बहुत दुख भी हुआ। वे सब खाली हाथ मस्जिद लौट आए। भक्त बोले, 'बाबा! गांव का प्रत्येक दुकानदार यही कहता है कि आज तो उसके पास अपने घर में जलाने के

लिए भी तेल की एक बूंद भी नहीं है।'

'तो इसमें इतना ज्यादा दुखी होने की क्या बात है ? दुकानदार सत्य ही तो कह रहे हैं। सच में ही उनकी दुकान और घर में आज दीपावली की रात को एक दीया तक जलाने के लिए तेल की एक बूंद भी नहीं है, दीपावली मनाना तो उनके लिए बहुत दूर की बात है।' साईं बाबा ने मुस्कराते हुए कहा और फिर मस्जिद के अंदर बने कुएं पर जाकर उन्होंने कुएं में से एक घड़ा पानी भरकर खींचा। भक्त चुपचाप खड़े उनको यह सब करते देखते रहे। साईं बाबा ने अपने डिब्बे, जिसमें वह तेल मांगकर लाया करते थे, में से बचे हुए तेल की बूंदे उस घड़े के पानी में डालीं और घड़े के उस पानी को दीयों में भर दिया। फिर रूई की बत्तियां बनाकर उन दीयों में डाल दीं और फिर बत्तियां जला दीं। सारे दिये जगमग कर जल उठे। यह देखकर शिष्यों और भक्तों की हैरानी का ठिकाना न रहा।

'इन दीयों को मस्जिद की मुंडेरों, गुम्बदों और मीनारों पर रख दो। अब ये दिये कभी नहीं बुझेंगे। मैं नहीं रहूंगा तब भी ये इसी तरह जगमगाते रहेंगे।' साईं बाबा ने वहां उपस्थित अपने शिष्यों और भक्तजनों से कहा और फिर एक पल रुककर बोले, 'आज दीपावली का त्योहार है, लेकिन गांव में किसी के घर में भी तेल नहीं है। जाओ, प्रत्येक घर में इस पानी को बांट आओ। लोगों से कहना कि दिये में बत्ती डालकर जला दें। दीये सुबह सूरज निकलने तक जगमगाते रहेंगे।'

बोलो साईं बाबा की जय! सभी शिष्यों और भक्तों ने साईं बाबा का जयकारा लगाया और घड़ा उठाकर गांव में चले गए। सभी प्रसन्न दिखाई दे रहे थे। दीपावली की रात का अंधकार धीरे-धीरे धरती पर उतरने लगा था। तब तेल बेचने वाले दुकानदारों और पंडितजी के घर को छोड़कर प्रत्येक घर में साईं बाबा के घड़े का पानी पहुंच गया था। साईं बाबा के शिरडी में आने के बाद में शिरडी और आस-पास के मुसलमान हिन्दुओं के साथ दीपावली का त्योहार बड़े हर्ष और उल्लास के साथ मनाने लगे थे और हिन्दुओं ने भी ईद और शब्बेरात मनानी शुरू कर दी थी। पूरा गांव दीयों

की रोशनी से जगमगा उठा। उन दीयों की रोशनी अन्य दिन जलाए जाने वाले दीयों से बहुत तेज थी। पूरे गांव भर में यदि कहीं अंधेरा छाया हुआ था तो वह पंडितजी और तेल बेचने वाले दुकानदारों के घर में। दुकानदार मारे आश्चर्य के परेशान थे कि कल शाम तो जो बर्तन तेल से लबालब भरे हुए थे, इस समय बिल्कुल खाली पड़े थे, जैसे उनमें कभी तेल भरा ही न गया हो। यही दशा पंडितजी की भी थी। शाम को जब उनकी पत्नी दीये जलाने बैठी तो उसने देखा तेल की हांडी एकदम खाली पड़ी है। उसने बाहर आकर पंडितजी से तेल लाने के लिए कहा। तुम चिंता क्यों करती हो ? मैं अभी लेकर आता हूं। पंडितजी हांडी लेकर जब तेल बेचने वाले दुकानदारों के पास पहुंचे। वे सब भी अपने माथे पर हाथ रखे इसी चिंता में बैठे थे कि बिना तेल के वह दीपावली कैसे मनायेंगे? जब पंडितजी ने दुकान पर जाकर तेल मांगा, तो वे बोले, 'पंडितजी, न जाने क्या हुआ, कल शाम को ही हम लोगों ने तेल ख़रीदा था। सुबह से एक बूंद तेल नहीं बेचा, लेकिन अब देखा तो तेल की एक बूंद भी नहीं है। बर्तन इस तरह खाली पड़े हैं, जैसे इनमें कभी तेल था ही नहीं।' सभी दुकानदार ने यही कहानी दोहरायी। आश्चर्य की बात तो यह थी कि तेल से भरे बर्तन बिल्कुल ही खाली हो गए थे। न घर में तेल की एक बूंद थी और न ही दुकान में पूरा गांव रोशनी से जगमगा रहा था। केवल तेल बेचने वाले दुकानदारों और पंडितजी के घर में अंधकार छाया हुआ था। यह सब साईं बाबा की ही करामात है। हम लोगों ने उन्हें तेल देने से स्पष्ट मना किया था और उससे कहा था कि आज तो हमारे घर और दुकान में एक बूंद भी तेल नहीं है।'

एक दुकानदार ने कहा, 'चलो बाबा के पास चलकर उनसे माफी मांगें।' फिर तेल बेचने वाले सभी दुकानदार साईं बाबा के पास पहुंचे। उनसे माफी मांगने लगे, 'बाबा, हम आपकी महिमा को नहीं समझ पाए। हमें क्षमा करें। हम लोगों से बहुत बड़ा अपराध हुआ है। हमने आपसे झूठ बोला था।'

साईं बाबा ने दुकानदारों को उठाकर सांत्वना देते हुए कहा, 'इंसान गलतियों का पुतला है। अपराधी तो वह है, जो अपने अपराध को छिपाता है। जो अपने

अपराध को स्वीकार कर लेता है, वह अपराधी नहीं होता। तुमने अपराध नहीं किया।' और फिर उनकी ओर देखते हुए बोले,

'तात्या, अभी उस घड़े में थोड़ा-सा पानी है। उसे इन लोगों के घरों में बांट आओ और सुनो पंडितजी के घर भी दे आना। उन बेचारों के घर में भी तेल की एक बूंद भी नहीं है।' तात्या सभी दुकानदारों के घरों में घड़े का पानी बांट आया, परंतु पंडितजी ने लेने से इंकार कर दिया।

सारा गांव दीयों की रोशनी से जगमगा रहा था। इसके बावजूद अभी भी एक घर में अंधेरा छाया हुआ था और वह घर था पंडितजी का। दीपावली के दिन उनके घर में अंधेरा ही रहा। एक दीपक जलाने के लिए भी तेल नहीं मिला। साईं बाबा के गांव में कदम रखते ही लक्ष्मी तो उनसे पहले ही रूठ गयी थी और दीपावली के दिन घर में अंधेरा पाकर तो बिलकुल ही रूठ गयी। कुछ दुकानदारों, जो मंदिर में सुबह-शाम जाया करते थे, दीपावली की रात से उन्होंने मंदिर में आना छोड़ दिया। साईं बाबा की भभूति के कारण उनका औषधालय तो पहले ही बंद हो चुका था। मजदूरों ने खेतों में काम करने से मना कर दिया, तो पंडितजी का क्रोध अपनी चरम सीमा को लांघ गया।

'इस ढोंगी साईं बाबा को गांव से भगाए बिना अब काम नहीं चलेगा।' पंडितजी ने मन-ही-मन फैसला किया।

ब्रह्म ज्ञान पाने का सच्चा अधिकारी

साईं बाबा की प्रसिद्धि अब बहुत दूर-दूर तक फैल गयी थी। शिरडी से बाहर दूर-दूर के लोग भी उनके चमत्कार के विषय में जानकर प्रभावित हुए बिना न रह सके। वह साईं बाबा के चमत्कारों के बारे में जानकर श्रद्धा से नतमस्तक हो उठते थे। एक पंडितजी को छोड़कर शिरडी में उनका दूसरा कोई विरोधी एवं उनके प्रति अपने मन में ईर्ष्या रखने वाला न था। बाबा के पास अब हर समय भक्तों का जमघट लगा रहता था। वह अपने भक्तों को सभी से प्रेम करने के लिए कहते थे। इतनी प्रसिद्धि फैल जाने के बाद भी बाबा का जीवन अब भी पहले जैसा ही था। अहमदाबाद में एक गुजराती सेठ थे, उनके पास बहुत सारी धन-सम्पत्ति थी। सभी तरह से वह सम्पन्न थे। साईं बाबा की प्रसिद्धि सुनकर उनके मन में भी बाबा से मिलने की इच्छा पैदा हुई। बाबा से मिलने के पीछे उनके दिल में एक ही मंशा थी : वह मन-ही-मन सोचते, सांसारिक सुखों की तो सभी वस्तुएं मेरे पास मौजूद हैं, क्यों न कुछ आध्यात्मिक ज्ञान भी प्राप्त कर लिया जाये, जिससे स्वर्ग की प्राप्ति हो। वह अपना परलोक भी सुधार लेना चाहते थे। इसलिए साईं बाबा से मिलने को अत्यंत उत्सुक थे।

इसी दौरान एक साधु उसके पास आये। यह भी साईं बाबा के भक्त थे। उन्होंने भी उस सेठ को बताया। यह सुनकर साईं बाबा से मिलने की इच्छा और भी तीव्र हो गयी। उन्होंने साईं बाबा से मिलने का निश्चय किया और शिरडी के लिए रवाना हो गये। जिस दिन वह शिरडी आये, उस दिन बृहस्पतिवार का दिन था, यानी बाबा के प्रसाद का दिन। सेठ की सवारी जब द्वारका माई मस्जिद के पास आकर रुकी, उस समय लोगों की वहां पर अपार भीड़ जमा थी। बृहस्पतिवार को शिरडी गांव के ही नहीं, बल्कि दूर-दूर के अनेक गांव के

लोग भी साईं बाबा की शोभायात्रा में शामिल होने के लिए द्वारका माई मस्जिद आते थे। बाबा की शोभायात्रा निकाली जाती थी। जो द्वारका माई मस्जिद से चावड़ी तक जाती थी। साईं बाबा के भक्त झांझ, मदृंग, ढोल, मंजीरे आदि वाद्य यंत्र बजाते, भक्ति गीत तथा कीर्तन गाते हुए सबसे आगे-आगे चलते थे। इस जुलूस में महिलाएं भी बड़ी संख्या में शामिल हुआ करती थीं। उनके पीछे दर्जनों सजी हुई पालकियां होती थीं और सबसे आखिर में विशेष रूप से एक सजी हुई पालकी होती थी, जिसमें साईं बाबा बैठते थे। बाबा के शिष्य पालकी को अपने कंधों पर उठाकर चलते थे। पालकी के दोनों ओर जलती हुई मशालें लेकर मशालची चला करते थे। जुलूस के आगे-आगे आतिशबाजी छोड़ी जाती थी। सारा गांव साईं बाबा की जय, भजन तथा कीर्तन की मधुर ध्वनि से गुंजायमान हो उठता था। चावड़ी तक यह जुलूस जाकर फिर इसी तरह से द्वारका माई मस्जिद की ओर लौट आता था। जब पालकी मस्जिद के सामने पहुंच जाती थी, तो मस्जिद की सीढ़ियों पर खड़े होकर एक शिष्य बाबा के आगमन की घोषणा करता था। बाबा के सिर पर छत्र तान दिया जाता था। मस्जिद की सीढ़ियों पर दोनों ओर खड़े लोग चंवर डुलाने लगते थे। रास्ते में फूल, गुलाल और कुमकुम आदि बरसाये जाते थे। साईं बाबा हाथ उठाकर वहां एकत्रित भीड़ को अपना आशीर्वाद देते हुए धीरे-धीरे चलते हुए अपनी धूनी पर पहुंच जाते थे।

सारे रास्ते भर 'साईं बाबा की जय' का नारा गूंजा करता था। जुलूस के दिन शिरडी के गांव की शोभा देखते ही बनती थी। हिन्दू-मुसलमान सभी मिलकर साईं बाबा का गुणगान करते थे। साईं बाबा की शोभायात्रा को देखकर गुजराती सेठ चकित रह गया। वह बाबा के पीछे-पीछे चलते हुए अन्य भक्तों के साथ चलते हुए बाबा की धूनी तक आ गया। उन्होंने बाबा के चेहरे की ओर देखा। कुछ देर पहले ही बाबा का जुलूस राजसी शानो-शौकत से निकाला गया था, लेकिन बाबा के चेहरे पर किसी प्रकार के अहंकार या गर्व की झलक तक नहीं थी। उनके चेहरे पर सदा की तरह शिशु जैसा भोलापन छाया हुआ था। गुजराती सेठ साईं बाबा के चरणों में झुक गया। बाबा ने उन्हें बड़े स्नेह से उठाकर अपने पास बैठा लिया।

गुजराती सेठ ने हाथ जोड़कर कातर स्वर में कहा, 'बाबा! परमात्मा की कृपा से मेरे पास सब कुछ है। धन-सम्पति, जायदाद, संतान सब कुछ है। संसार के सभी सुख मुझे प्राप्त है।'

सेठ की बात सुनने के बाद बाबा ने हंसते हुए कहा, 'तो फिर आप मेरे पास क्या लेने आए हैं ?'

वह बोला, 'बाबा, मेरा मन सांसारिक सुखों से ऊब गया है। मैंने धनोपार्जन करके अपने इस लोक को सुखी बना दिया है। अब मैं आध्यात्मिक ज्ञान प्राप्त कर अपना परलोक भी सुधार लेना चाहता हूं।'

बाबा बोले, 'सेठजी, आपके विचार बहुत सुंदर हैं। मेरे पास जो कोई भी आता है, मैं यथासंभव उसकी मदद करता हूं।' साईं बाबा की बात सुनकर सेठ को अत्यंत प्रसन्नता हुई। उसे विश्वास हो गया कि साईं बाबा उसे अवश्य ही ज्ञान प्रदान करेंगे। जिस विश्वास को लेकर वह यहां आया है, वह अवश्य ही यहां पर पूरा होगा। वहां का वातावरण देखकर वह और प्रसन्न हो गया था। गुजराती सेठ बेफिक्र हो गया था। अचानक साईं बाबा ने अपने एक शिष्य को अपने पास बुलाया और उससे बोले, 'एक छोटा-सा काम कर दो। अभी जाकर धनजी सेठ से सौ रुपये मांग लाओ।' वह शिष्य हैरानी से साईं बाबा के मुख की ओर देखता रह गया। बाबा को शिरडी में आए हुए इतने वर्ष बीत गए थे, लेकिन उन्होंने आज तक कभी पैसे को हाथ भी न लगाया था। भक्त और शिष्य उन्हें जो कुछ भेंट दे जाते थे, वह सब उनके दूसरे प्रमुख शिष्यों के पास ही रहता था। उनके आसन के नीचे पांच-दस रुपये अवश्य रख दिये जाते थे। वह इसलिए कि यदि कभी बाबा प्रसन्न होकर अपने भक्त को कुछ देना चाहें, तो दे दें। बाबा जब कभी-कभार किसी भक्त पर प्रसन्न होते थे, तो अपने आसन के नीचे से निकालकर दो-चार रुपये दे दिया करते थे। आज बाबा को अचानक इतने रुपयों की क्या आवश्यकता पड़ गयी ?

शिष्य इसी सोच में डूबा हुआ धनजी सेठ के पास चला गया। कुछ देर बाद

उसने लौटकर बताया कि धनजी सेठ तो पिछले दो दिन से बम्बई (मुम्बई) गए हुए हैं। कोई बात नहीं। तुम बड़े भाई के पास चले जाओ। वह तुम्हें एक सौ रुपये दे देंगे। हैरान-परेशान-सा वह फिर से चला गया। तभी बृहस्पतिवार को होने वाला सामूहिक भोजन का कार्यक्रम शुरू हो गया। उस दिन जितने भी लोग शोभायात्रा में शामिल हुआ करते थे, वह सभी मस्जिद में ही खाना खाया करते थे। जात-पात, ऊंच-नीच छुआ-छूत की भावना का त्याग करके सभी लोग एक साथ बैठकर बाबा के भंडारे का प्रसाद पूरी श्रद्धा के साथ ग्रहण किया करते थे। साईं बाबा ने उस गुजराती सेठ से कहा, 'सेठजी, आप भी प्रसाद ग्रहण कीजिए।'

सेठ ने हाथ जोड़कर कहा, 'मैं तो भोजन कर चुका हूं बाबा! खाने की मेरी इच्छा नहीं है। आप मुझे ज्ञान दीजिए। मेरे लिए यही आपका सबसे बड़ा प्रसाद होगा।' तभी शिष्य सेठ की दुकान से वापस लौट आया। उसने बताया कि सेठ का भाई भी अपने किसी संबंधी के यहां गया हुआ है। दो-तीन दिन बाद लौटेगा।

'कोई बात नहीं, तुम जाओ' साईं बाबा ने एक लंबी सांस लेकर कहा। शिष्य की परेशानी की कोई सीमा न थी। उसकी समझ में नहीं आ रहा था कि साईं बाबा को अचानक इतने रुपयों की क्या आवश्यकता पड़ गयी ? साईं बाबा उठकर मस्जिद के चबूतरे के पास चले गए। जहां शोभायात्रा से आए हुए लोग प्रसाद ग्रहण कर रहे थे। बाबा चबूतरे के पास ही एक टूटी दीवार पर जा बैठे और अपने शिष्यों तथा भक्तों को देखने लगे। इस समय उनके चेहरे पर ठीक वैसी ही प्रसन्नता के भाव थे, जैसे किसी पिता के चेहरे पर उस समय होते हैं, जब वह अपनी संतान को भोजन करते हुए देखता है। गुजराती सेठ साईं बाबा के पास खड़ा कार्यक्रम को देखता रहा। कुछ देर बाद जब बाबा अपने आसन पर आकर बैठ गए तो गुजराती सेठ ने फिर से अपनी प्रार्थना दोहरायी। बाबा इस बात पर खिलखिलाकर हंस पड़े। हंसने के बाद उन्होंने गुजराती सेठ की ओर देखते हुए पूछा, 'सेठजी, क्या आपने यह सोचा है कि आप ज्ञान प्राप्त करने के योग्य हैं भी अथवा नहीं ?'

'मैं कुछ समझा नहीं।' सेठ बोला। वह ऐसा भोला बना जैसे कुछ जानता ही नहीं।

'देखो सेठजी! ब्रह्मज्ञान प्राप्त करने का अधिकारी वह व्यक्ति होता है, जिसके मन में कोई मोह न हो। सांसारिक विषय वस्तुओं के लिए लालसा न हो, त्याग की भावना हो और जो संसार के प्रत्येक प्राणी को चाहे वह मनुष्य हो, पशु हो या कीट-पतंग सभी को अपने समान समझकर समान भाव से प्यार करता हो।'

'आप बिल्कुल ठीक कहते हैं।' गुजराती सेठ बोला।

'नहीं सेठ, तुम झूठ बोलते हो। तुम्हारे मन में सारी बुराइयां अभी भी मौजूद हैं। यदि तुम्हारे मन में धन के प्रति आसक्ति न होती और कुछ त्याग की भावना होती, तो जब मैंने अपने शिष्य को दो बार रुपये लाने के लिए भेजा था और वह दोनों बार खाली हाथ लौटकर आया था, तब तुम अपनी जेब से भी निकालकर रुपये दे सकते थे। जबकि तुम्हारी जेब में सौ-सौ के नोट रखे हुए थे। पर तुमने यह सोचा कि मैं सौ रुपये बाबा को मुफ्त में क्यों दूं? मैंने तुमसे भंडारे में प्रसाद ग्रहण करने के लिए कहा, तो तुमने प्रसाद ग्रहण करने से तुरंत इंकार कर दिया, क्योंकि वहां सभी जातियों और धर्मों के लोग एक साथ बैठकर प्रसाद ग्रहण कर रहे थे। इसलिए तुम किसी भी दशा में ब्रह्मज्ञान प्राप्त करने के अधिकारी नहीं हो। जिस व्यक्ति के मन में लोभ नहीं होता है, जिसकी दृष्टि में समभाव होता है, उसे स्वयं ही ज्ञान प्राप्त हो जाता है। तुम ज्ञान पाने के अधिकारी तभी हो सकते हो, जब तुम में यह बातें पैदा हो जायेंगी।'

गुजराती सेठ को ऐसा लगा जैसे बाबा ने उसकी आत्मा को झिंझोड़कर रख दिया हो। उसका चेहरा उतर गया। साईं बाबा ने सेठ को वापस चले जाने के लिए कह दिया। वह चुपचाप उठा और बाबा के चरण स्पर्श करके वापस चल दिया। उसके पास अब कहने को कुछ नहीं बचा था।

बाबा का कहना मानो जरूर

रहाता शिरडी की दक्षिण दिशा और नीम गांव उत्तर दिशा में बसा हुआ था। इन दोनों गांवों के मध्य में बसा था शिरडी। पर साईं बाबा अपने पूरे जीवनकाल में इन दोनों गांव के बाहर कभी नहीं गए। न ही बाबा न रेलगाड़ी देखी थी और न ही उसमें कभी सफर ही किया था। फिर भी साईं बाबा को शिरडी से जाने वाली रेलगाड़ी के सही समय की जानकारी रहती थी। बाबा शिरडी आने वाले प्रत्येक भक्त को सही मार्ग बड़े प्यार से दिखाते, उसके संकट से उसे मुक्ति दिलाते। जो बाबा का कहना मानता वह हर समय सुरक्षित रहता और जो बाबा का कहना नहीं मानता वह स्वयं ही संकटों में घिर जाता। शिरडी की एक विशेषता यह थी कि जो भी शिरडी आता, वह बाबा की मर्जी से ही आता और लौटता भी बाबा की मर्जी से ही। यदि कोई बाबा से वापस जाने की आज्ञा मांगता तो बाबा बड़े सहज भाव से कहते, 'अरे! ठहर जरा! दाल-रोटी खाकर जाना।' यदि बाबा की आज्ञा को न मानकर जल्दबाजी में ऐसे ही निकलता तो गाड़ी भी छूटती और खाना भी नसीब न होता या बाबा की आज्ञा की अवहेलना करने पर कोई दुर्घटना का शिकार हो जाता।

एक बार की बात है तात्या कोते पाटिल बाजार जाने के लिए घर से चला और मस्जिद के पास तांगा रोककर बाबा के चरण स्पर्श किये और फिर बाबा से निवेदन किया कि, 'बाबा मैं कोपर गांव के बाजार जा रहा हूं, मुझे आज्ञा दें।'

बाबा ने कहा, 'तात्या! आज गांव मत छोड़ो, बाजार रहने दो।' लेकिन तात्या नहीं माना। फिर उसकी जिद्द को देखते हुए बाबा बोले, 'अच्छा ! अगर जा ही रहा है तो अपने साथ शामा को भी ले जा।' पर तात्या कोते ने बाबा की बात अनसुनी कर तांगे पर सवार होकर अकेला ही चल दिया।

उस तांगे में एक तेज दौड़ने वाला घोड़ा भी था, जो बड़ा चंचल था। शिरडी से तीन मील आगे सांवली विहार गांव के पास पहुंचते ही वह घोड़ा बड़ी तेजी के साथ उल्टी-सीधी दौड़ लगाने लगा। परिणाम यह हुआ कि घोड़े की कमर में मोच आ जाने से घोड़ा जमीन पर गिर पड़ा तथा तांगे का नुकसान भी बहुत हो गया। तात्या कोते को चोट तो नहीं लगी, पर साईं बाबा द्वारा आज्ञा न देने की बात उसे अवश्य याद आ गयी। तात्या कोते ने एक बार पहले भी साईं बाबा की आज्ञा का उल्लंघन किया था। जब वह तांगे से कोल्हर गांव जा रहा था और घोड़ा बेकाबू होकर बबूल के पेड़ से जा टकराया था। तांगा टूट गया था। घटना जानलेवा थी पर बाबा की कृपा से ही वह बाल-बाल बच गया था। इसके बाद तात्या ने फिर कभी भी बाबा की बात नहीं टाली।

कुछ इस तरह का अनुभव साईं सच्चरित्र लिखने वाले गोविन्द रघुनाथ दामोलकर का रहा है। एक बार वह शिरडी अपने परिवार के साथ गये थे। उन्होंने वापस जाने के लिए जब साईं बाबा से आज्ञा मांगी तो बाबा ने कहा, 'खाना खाकर जाना', जल्दबाजी में बाबा की आज्ञा न मानते हुए शिरडी छोड़ी। रेलगाड़ी पकड़ने के लिए उन्होंने रास्ते में बैलगाड़ी वाले से गाड़ी तेज चलाने को कहा। जिसका नतीजा यह हुआ कि बैलगाड़ी का पहिया टूटकर नाले में जा गिरा। बाबा के आशीर्वाद से किसी को कुछ नहीं हुआ, पर गाड़ी को ठीक-ठाक करके जाने तक रेलगाड़ी निकल चुकी थी। जिस कारण, उन्हें एक दिन कोपर गांव में रहकर दूसरे दिन गाड़ी से मुम्बई जाना पड़ा।

यूरोप के रहनेवाले एक अंग्रेज जो मुम्बई में रहा करते थे। वह अपने मन में कुछ इच्छा लेकर बाबा के दर्शन करने को आया था। उसे बाबा के भक्तों ने एक शानदार तम्बू में ठहरा दिया। उसके मन में यह इच्छा थी कि वह बाबा को सिर झुकाकर उनके कर-कमलों का चुम्बन करे। अपनी इस इच्छा को पूरी करने के लिए उसने तीन बार मस्जिद की सीढ़ियों पर चढ़ना चाहा, पर हर बार बाबा ने उसे सीढ़ियों पर चढ़ने से मना कर दिया। उसे आंगन में रहकर ही दर्शन कर लेने को कहा गया।

इससे वह निराश हो गया। उसने शीघ्र ही शिरडी से वापस जाने का मन बना लिया। लौटते समय जब वह बाबा के पास आज्ञा लेने आया तो बाबा ने कहा, 'इतनी भी जल्दी क्या है, कल चले जाना।' लेकिन वह मानने को तैयार नहीं हुआ। वहां उपस्थित बाबा के भक्तों ने उसे बाबा की आज्ञा मान लेने को कहा, लेकिन वह नहीं माना। वह तांगे में बैठकर चल दिया। तांगा अभी सांवली विहार गांव तक ही पहुंचा था कि अचानक सामने से एक साइकिल सवार आ गया जिससे घोड़ा बिदक गया और अत्यन्त तेजी से दौड़ने लगा। परिणामतः तांगा पलट गया और वह गिरकर घायल हो गये। वहां मौजूद लोगों की मदद से तांगेवाले ने उन्हें उठाकर कोपर गांव के अस्पताल में भर्ती कराया। जहां उन्हें कई दिनों तक रहना पड़ा।

मुम्बई निवासी रघुवीर भास्कर पुरंदरे एक बार अपने परिवार के साथ शिरडी गये थे। लौटते समय अपनी मां की इच्छानुसार उन्होंने नासिक होकर जाने के लिए साईं बाबा की अनुमति मांगी, तो बाबा बोले, 'ठीक है, पर नासिक में दो दिन रुकना, फिर आगे जाना।' पुरंदरे जब शिरडी से नासिक आये तो उसी दिन उनके छोटे भाई को तेज बुखार हो गया। यह देखते परिवार के सब लोग मुम्बई जाने के लिए जिद्द करने लगे। तब उसने उन्हें बाबा के वचन याद दिलाये और अपना फैसला सुना दिया, कि चाहे कुछ भी हो जाये, मैं दो दिन बाद ही यहां से जाऊंगा।' फिर उन्हें मजबूरी में वहां रहना पड़ा। दूसरे दिन बुखार किसी जादू की तरह अपने आप गायब हो गया और फिर तीसरे दिन सभी प्रसन्नता से मुम्बई लौट आये।

एक बार नाना साहब चांदोरकर और दो अन्य साथी तथा एक कीर्तनकार मिलकर साईं बाबा के दर्शन करने के लिए शिरडी आये। बाबा के दर्शन कर लेने के बाद वापस लौटने के लिए कीर्तनकार जल्दी करने लगे। उनका कीर्तन अहमदनगर में पहले से निश्चित था। यह जानकर चांदोरकर ने लौटने के लिए बाबा से अनुमति मांगी तो बाबा ने उन्हें भोजन, प्रसाद खाकर जाने के लिए कहा, लेकिन वे कीर्तनकार नहीं माने और चांदोरकर के साथ वाले एक सज्जन के साथ रेलवे स्टेशन की ओर चल पड़े। चांदोरकर और एक सज्जन वहीं पर रुक गये। दोपहर को भोजन, प्रसाद खाकर जब वे बाबा से मिलने

गये तो साईं बाबा बोले, 'आराम से जाओ। अभी गाड़ी के लिए देर है।' जब दोनों स्टेशन पर पहुंचे तो गाड़ी देर से आने वाली थी और कीर्तनकार और उनके साथी गाड़ी के लिए बैठे थे। इनको देखकर वे बोले, 'आपने बाबा का कहना मानकर अच्छा ही किया। हम बाबा की बात न मानकर अभागे निकले, तभी तो हमें यहां भूखा-प्यासा तड़पने बैठने की नौबत आयी।' फिर गाड़ी आने के बाद सब चले गये।

एक बार तात्या साहब नूलकर और भाऊ साहब दीक्षित अपने कुछ साथियों के साथ शिरडी साईं बाबा के दर्शन करने के लिये आये थे। जब वह वापस लौटने लगे तब उन्होंने साईं बाबा से अनुमति मांगी, तो साईं बाबा बोले, 'कल चले जाओ और जाते-जाते कोपर गांव के भोजनालय में खाना भी खा लेना।'

उन्होंने वैसा ही किया और कोपर गांव भोजनालय में संदेशा भी भिजवा दिया। लेकिन जब दूसरे दिन कोपर गांव पहुंचे तो खाना बनने में अभी कुछ समय लगना था। यह देखते ही गाड़ी पकड़ने के लिए वह बिना भोजन खाये, वैसे ही स्टेशन चले गये, तो वहां पता चला कि अभी रेलगाड़ी दो घंटे देरी से आयेगी। फिर उन्होंने तांगा भेजकर भोजनालय से भोजन मंगाया और वहीं स्टेशन पर खाया। दस मिनट बाद रेलगाड़ी आयी और फिर सब लोग आगे रवाना हो गए।

श्री साईं व्रत

श्री साईं बाबा व्रत के फलस्वरूप निम्नलिखित फल प्राप्त हो सकते हैं: पुत्र की प्राप्ति, कार्य सिद्धि, वर प्राप्ति, वधु प्राप्ति, खोया धन मिले, जमीन जायदाद मिले, धन मिले, साईं दर्शन, मन की शान्ति, शत्रु शांत होना, व्यापार में वृद्धि, बांझ को भी बच्चे की प्राप्ति हो, इच्छित वस्तु की प्राप्ति, पति का खोया प्रेम मिले, परीक्षा में सफलता, यात्रा का योग, रोग निवारण, कार्य सिद्धि, सर्व मनोकामना पूर्ति, इत्यादि।

साईं व्रत कोई भी कर सकते हैं स्त्री, पुरुष और बच्चे सभी। यह व्रत किसी भी जाति-पाति के भेद भाव बिना कोई भी व्यक्ति कर सकता है। यह व्रत बहुत ही चमत्कारी है। 1, 9, 11, अथवा 21 करने से निश्चित ही इच्छित फल प्राप्त होता है। इस व्रत को श्री साईं बाबा जी का नाम लेकर किसी भी गुरुवार से आरम्भ कर सकते हैं। जिस कार्य के लिए व्रत किया गया हो उसके लिए श्री साईं बाबा जी से सच्चे मन प्रार्थना करनी चाहिए। किसी आसन पर पीला कपड़ा बिछाकर उस पर श्री साईं बाबा जी की तस्वीर रखकर स्वच्छ जल से पोंछकर चन्दन या कुमकुम का तिलक लगाना चाहिए और उन पर पीला फूल या हार चढ़ाकर प्रसाद में कोई भी फल या मिठाई बांटी जा सकती है। यह व्रत फलाहार लेकर किया जा सकता है जैसे दूध, चाय, फल, मिठाई आदि लेकर अथवा एक समय भोजन करके किया जा सकता है। बिल्कुल भूखे रहकर उपवास नहीं करना चाहिए। प्रत्येक गुरुवार हो सके तो साईं बाबा के मन्दिर जाकर दर्शन करने चाहिए। साईं बाबा के मन्दिर ना जा सके तो श्रद्धापूर्वक घर में ही साईं बाबा की पूजा की जा सकती है। यदि किसी करणवश गुरुवार को कहीं जाना हो तो व्रत को नियमानुसार सुचारू रखना चाहिए। यदि किसी कारणवश किसी गुरुवार व्रत ना कर पाएं तो उस गुरुवार

को गिनती में ना लेते हुए मन में किसी प्रकार की शंका ना रखते हुए, अगले गुरुवार से व्रत जारी रखें। मन्नत माने हुए गुरुवार पूरे करके व्रत का उद्यापन करें। एक बार मन्नत अनुसार व्रत पूर्ण करने के बाद फिर मन्नत कर सकते हैं, और फिर व्रत कर सकते हैं।

उद्यापन विधि

9 वें गुरुवार को उद्यापन करना चाहिए। इसमें पांच गरीब को भोजन कराया जाए। साईं बाबा की महिमा एवं व्रत का फैलाव करने के लिए अपने सगे-सम्बन्धी या पड़ोसियों को साईं बाबा का जीवन और भजनावली की किताबें 5, 11, 21 अपनी यथाशक्ति भेंट दी जाएं। इस तरह व्रत का उद्यापन करना चाहिए। 9 वें गुरुवार को जो किताबें भेंट देनी हैं, उन्हें पूजा में रखिए जिससे आपकी एवं अन्य व्यक्तियों की भी मनोकामना पूर्ण हो। उपरोक्त विधि से व्रत करने पर एवं विधिपूर्वक उद्यापन करने से निश्चित ही आपकी मनोकामना पूर्ण होगी। ऐसा साईं भक्तों का विश्वास है।

व्रत कथा

कोकिला बहन और उनके पति महेशभाई शहर में रहते थे। दोनों को एक-दूसरे के प्रति प्रेम-भाव था परन्तु महेशभाई का स्वभाव झगड़ालू था। बोलने की तमीज ही न थी। अड़ोसी-पड़ोसी उनके स्वभाव से परेशान थे, लेकिन कोकिला बहन बहुत ही धार्मिक स्त्री थी। वे भगवान पर विश्वास रखतीं एवं बिना कुछ कहे सब कुछ सह लेती थीं। धीरे-धीरे उनके पति का धंधा-रोजगार ठप्प हो गया। कुछ भी कमाई नहीं होती थी। महेशभाई अब दिन भर घर पर ही रहते और अब उन्होंने गलत राह पकड़ ली। अब उनका स्वभाव पहले से भी अधिक चिड़चिड़ा हो गया। दोपहर का समय था। एक वृद्ध महाराज दरवाजे पर आकार खड़े हो गए। चेहरे पर गजब का तेज था। उन्होंने आकर दाल-चावल की मांग की। कोकिला बहन ने दाल-चावल दिये और दोनों हाथों से उस वृद्ध बाबा को नमस्कार किया। वृद्ध ने कहा, 'साईं सुखी रखे।' कोकिला बहन ने कहा, महाराज सुख भाग्य में नहीं है और अपने दुखी जीवन का वर्णन किया। महाराज ने उन्हें श्री साईं व्रत के बारे में बताया।

9 गुरुवार (फलाहार) या एक समय भोजन करना, हो सके तो साईं मंदिर जाना, घर पर साईं बाबा की 9 गुरुवार पूजा करना, साईं व्रत करना और विधि से उद्यापन करना। भूखे को भोजन देना, साईं जीवन एवं भजनों की किताबें 5, 11, 21 यथाशक्ति लोगों को भेंट देना और इस तरह साईं व्रत का फैलाव करना। साईं बाबा तेरी सभी मनोकामना पूर्ण करेंगे लेकिन साईं बाबा पर अटूट श्रद्धा रखना जरूरी है। जो उपरोक्त विधि से व्रत और उद्यापन करेगा, साईं बाबा उनकी मनोकामना जरूर पूर्ण करेंगे।

कोकिला बहन ने भी गुरुवार का व्रत लिया। 9वें गुरुवार को गरीबों को भोजन दिया। साईं की पुस्तकें भेंट दीं। उनके घर से झगड़े दूर हुए। घर में बहुत ही सुख शांति हो गई, जैसे महेशभाई का स्वभाव ही बदल गया। उनका धंधा-रोजगार फिर से चालू हो गया। थोड़े समय में ही सुख समृद्धि बढ़ गई। दोनों पति पत्नी सुखी जीवन बिताने लगे। एक दिन कोकिला बहन के जेठ-जेठानी सूरत से आए। बातों-बातों में उन्होंने बताया कि उनके बच्चे पढ़ाई नहीं करते। परीक्षा में फेल हो गए हैं। कोकिला बहन ने उन्हें 9 गुरुवार की महिमा बताई। उन्होंने बताया कि साईं बाबा की भक्ति से बच्चे अच्छी तरह पढ़ पाएंगे, लेकिन इसके लिए साईं बाबा पर विश्वास रखना ज़रूरी है। साईं सबकी सहायता करते हैं। उनकी जेठानी ने व्रत की विधि बताने के लिए कहा तो कोकिला बहन ने सारी विधि उन्हें बता दी।

सूरत से उनकी जेठानी का थोड़े दिनों में पत्र आया कि उनके बच्चे साईं व्रत करने लगे हैं और उन्होंने भी व्रत किया था। व्रत की किताबें जेठ के ऑफिस में दे थी। इस बारे में उन्होंने लिखा कि उनकी सहेली की बेटी की शादी साईं व्रत करने से बहुत ही अच्छी जगह तय हो गई है। उनके पड़ोसी का गहनों का डिब्बा गुम हो गया था। वह कई महीने के बाद गहनों का डिब्बा न जाने कौन वापस रख गया। ऐसा अद्भुत चमत्कार हुआ था। कोकिला बहन ने जान लिया था कि साईं बाबा की महिमा महान है। हे साईं बाबा जैसे सभी लोगों पर प्रसन्न होते हैं, वैसे हम पर भी होना...।

बाबा के उपदेश

श्रद्धा और सबूरी

साईं बाबा ने अपने जीवन में यह सन्देश दिया है कि हमेशा श्रद्धा और विश्वास के साथ जीवन यापन करते हुए सबूरी (सब्र) के साथ जीवन व्यतीत करें। मानवता ही सबसे बड़ा धर्म है। साईं बाबा ने कभी भी किसी के धर्म की अवहेलना नहीं की अपितु सभी धर्मों का सम्मान करने की सलाह देते हुए हमेशा मानवता को ही सबसे बडा धर्म और कर्म बताते हुए जीवन जीने की अमूल्य शिक्षा प्रदान की है।

जातिगत भेद भुला कर प्रेमपूर्वक रहना

साईं बाबा ने कहा है कि जाति, समाज, भेद-भाव, आदि सब बातें ईश्वर ने नहीं बल्कि इंसानों द्वारा बनायी गयी हैं, इसलिए ईश्वर की नजर में न तो कोई उच्च है और न ही कोई निम्न, अतः जो काम ईश्वर को भी पसंद नहीं है वह मनुष्यों को तो करना ही नहीं चाहिए। अर्थात् जात-पात, धर्म, समाज आदि मिथ्या बातों में न पड़ कर आपस में प्रेमपूर्वक रहकर जीवन व्यतीत करना चाहिए।

गरीबों और लाचार की मदद करना सबसे बड़ी पूजा

साई बाबा ने हमेशा ही सभी जनमानस से यही बार-बार कहा है कि सभी के साथ ही समानता का व्यवहार करना चाहिए। गरीबों और लाचारों की यथासम्भव मदद करनी चाहिए और यही सबसे बड़ी पूजा है। क्योंकि जो गरीबों, लाचारों की मदद करता है, ईश्वर भी उसकी मदद करता है। निर्धन लोगों की मदद करने से साईं बाबा बहुत प्रसन्न होते हैं और अपनी दया हमेशा ही भक्तों पर बनाए रखते हैं।

माता-पिता, बुजुर्गों, गुरुजनों, बड़ों का सम्मान करो

साईं बाबा हमेशा ही समझाते थे कि अपने से बड़ों का आदर सम्मान करना चाहिए। गुरुजनों, बुजुर्गों का सम्मान करने से उनका आशीर्वाद प्राप्त होता है, जिससे हमारे जीवन की मुश्किलों में सहायता मिलती है।

सबका मालिक एक

साईं बाबा ने सर्व समर्थ होकर भी हमेशा अपना जीवन सीमित साधनों द्वारा ही व्यतीत किया और सभी जनमानस को सादगी एवं सरल जीवन व्यतीत करना सिखाया, क्योंकि सरलता पूर्वक ही इस संसार में प्रभु को प्राप्त किया जा सकता है। साईं हमेशा ही आडम्बरों से मुक्त रहकर यह बताते थे कि आडम्बरों में ही अहंकार की भावना निहित होती है। इसलिए अगर मुक्त होना चाहते हो तो सबसे पहले स्वयं को आडम्बरों से छुटकारा पाना होगा। साईं बाबा हमेशा ही यही कोशिश करते रहे कि जनमानस के हृदयपटल और समाज में व्याप्त सामाजिक कुरीतियों का नाश हो और सभी प्रेमपूर्वक रह कर जीवन का आनंद लें, क्योंकि हमारे भारतवर्ष में कितने ही धर्म जाति के लोग व उनके समुदाय बसे हुए हैं। सभी अपने धर्म को श्रेष्ठ बताते हुए आपस में मतभेद रखते हैं। जिसका परिणाम सिवाय सामाजिक अराजकता और दंगे के अलावा कुछ भी सामने नहीं आता। इसलिए बाबा ने हमेशा ही 'सबका मालिक एक' गुरुमंत्र दिया है।

अमृतोपदेश

साईं बाबा ने अपने भक्तों के कल्याण के लिए अनेक शिक्षाएं अपने श्रीमुख से उच्चारित कीं। बाबा की इन शिक्षाओं में समस्त ग्रंथों का सार है। जो भी व्यक्ति बाबा की इन शिक्षाओं को अपनी जिन्दगी में उतार लेगा, वह इस भवसागर से पार उतर जाएगा।

आत्मचिंतन : अपने आपकी पहचान करो कि मेरा जन्म क्यों हुआ। मैं कौन हूँ। आत्म-चिंतन व्यक्ति को ज्ञान की ओर ले जाता है।

विनम्रता : जब तक तुममें विनम्रता का वास नहीं होगा, तब तक तुम गुरु

के प्रिय शिष्य नहीं बन सकते और जो शिष्य गुरु को प्रिय नहीं, उसे ज्ञान हो ही नहीं सकता।

क्षमा : दूसरों को क्षमा करना ही महानता है। मैं उसी की भूलें क्षमा करता हूँ, जो दूसरों की भूलें क्षमा करता है।

कर्मचक्र : कर्म देह प्रारम्भ (वर्तमान भाग्य) पिछले कर्मों का फल अवश्य भोगना पड़ेगा, गुरु इन कष्टों को सहकर सहना सिखाता है। गुरु सृष्टि नहीं दृष्टि बदलता है।

दया : मेरे भक्तों में दया कूट-कूटकर भरी रहती है, दूसरों पर दया करने का अर्थ है मुझे प्रेम करना चाहिए, मेरी भक्ति करना।

संतोष : ईश्वर से जो कुछ भी (अच्छा या बुरा) प्राप्त है, हमें उसी में संतोष रखना चाहिए।

सादगी, सच्चाई और सरलता : सदैव सादगी से रहना चाहिए और सच्चाई तथा सरलता को जीवन में पूरी तरह से उतार लेना चाहिए।

अनासक्ति : सभी वस्तुएं हमारे उपयोग के लिए हैं, पर उन्हें एकत्रित करके रखने का हमें कोई अधिकार नहीं है।

प्रत्येक जीव में मैं हूँ : प्रत्येक जीव में मैं हूँ, सभी जगह मेरे दर्शन करो।

गुरु अर्पण : तुम्हारा प्रत्येक कार्य मुझे अर्पण होता है। तुम किसी दूसरे प्राणी के साथ जैसा भी अच्छा या बुरा व्यवहार करते हो, सब मुझे पता होता है। यानी जो व्यवहार दूसरों से होता है वह सीधा मेरे साथ होता है। यदि तुम किसी को गाली देते हो, तो वह मुझे मिलती है। प्रेम करते हो तो वह भी मुझे ही प्राप्त होता है।

भक्त : जो भी व्यक्ति पत्नी, संतान और माता-पिता से पूर्णतया विमुख होकर केवल मुझसे प्रेम करता है, वही मेरा सच्चा भक्त है। वह भक्त मुझमें

इस प्रकार से लीन हो जाता है, जैसे नदियां समुद्र में मिलकर उसमें लीन हो जाती हैं।

एकस्वरुप : भोजन करने से पहले तुमने जिस कुत्ते को देखा, जिसे तुमने रोटी का टुकड़ा दिया, वह मेरा ही रूप है। इसी तरह समस्त जीव-जन्तु इत्यादि सभी मेरे ही रूप हैं। मैं उन्हीं का रूप धरकर घूम रहा हूं। इसलिए द्वैत भाव त्याग कर कुत्ते को भोजन कराने की तरह ही मेरी सेवा किया करो।

कर्त्तव्य : प्रत्येक जीवन अपना एक निश्चित लक्ष्य लेकर आता है। जब तक वह अपने जीवन में उस लक्ष्य का संतोषजनक रूप और असंबद्ध भाव से पालन नहीं करता, तब तक उसका मन निर्विकार नहीं हो सकता यानी वह मोक्ष और ब्रह्म ज्ञान पाने का अधिकारी नहीं हो सकता।

लोभ (लालच) : लोभ और लालच एक-दुसरे के परस्पर द्वेषी हैं। वे सनातन काल से एक-दूसरे के विरोधी हैं। जहां लाभ है वहां ब्रह्म का ध्यान करने की कोई गुंजाइश नहीं है। फिर लोभी व्यक्ति को अनासक्ति और मोक्ष को प्राप्ति कैसे हो सकती है।

दरिद्रता : दरिद्रता (गरीबी) सर्वोच्च संपत्ति है और ईश्वर से भी उच्च है। ईश्वर गरीब का भाई होता है। फकीर ही सच्चा बादशाह है। फकीर का नाश नहीं होता, लेकिन अमीर का साम्राज्य शीघ्र ही मिट जाता है।

भेदभाव : अपने मध्य से भेदभाव रूपी दीवार को सदैव के लिए मिटा दो, तभी तुम्हारे मोक्ष का मार्ग प्रशस्त हो सकेगा। ध्यान रखो साईं सूक्ष्म रूप से तुम्हारे भीतर समाए हुए हैं और तुम उनके अंदर समाए हुए हो। इसलिए मैं कौन हूं। इस प्रश्न के साथ सदैव आत्मा पर ध्यान केन्द्रित करने का प्रयास करो। वैसे जो बिना किसी भेदभाव के परस्पर एक-दूसरे से प्रेम करते हैं, वे सच में बड़े महान होते हैं।

मृत्यु : प्राणी सदा से मृत्यु के अधीन रहा है। मृत्यु की कल्पना करके ही वह भयभीत हो उठता है। कोई मरता नहीं है। यदि तुम अपने अंदर की आंखें

खोलकर देखोगे, तब तुम्हें अनुभव होगा कि तुम ईश्वर हो और उससे भिन्न नहीं हो। वास्तव में किसी भी प्राणी की मृत्यु नहीं होती। वह अपने कर्मों के अनुसार, शरीर का चोला बदल लेता है। जिस तरह मनुष्य पुराने वस्त्र त्यागकर दूसरे नए वस्त्रों को ग्रहण करता है, ठीक उसी तरह जीवात्मा भी अपने पुराने शरीर को त्यागकर दूसरे नए शरीर को धारण कर लेती है।

ईश्वर : उस महान सर्वशक्तिमान का सर्वभूतों में वास है। वह सत्य स्वरूप परमतत्व है। जो समस्त चराचर जगत का पालन-पोषण एवं विनाश करने वाला एवं कर्मों के फल देने वाला है। वह अपनी योग माया से सत्य साईं का अंश धारण करके इस धरती के प्रत्येक जीव में वास करता है। चाहे वह विषैले बिच्छू हों या जहरीले नाग : समस्त जीव केवल उसी की आज्ञा का ही पालन करते हैं।

ईश्वर का अनुग्रह : तुमको सदैव सत्य का पालन पूर्ण दृढ़ता के साथ करना चाहिए और दिए गए वचनों का सदा निर्वाह करना चाहिए। श्रद्धा और धैर्य सदैव हृदय में धारण करो। फिर तुम जहां भी रहोगे, मैं सदा तुम्हारे साथ रहूंगा।

ईश्वर प्रदत्त उपहार : मनुष्य द्वारा दिया गया उपहार चिरस्थायी नहीं होता और वह सदैव अपूर्ण होता है। चाहकर भी तुम उसे सारा जीवन अपने पास सहेजकर सुरक्षित नहीं रख सकते। परन्तु ईश्वर जो उपहार प्रत्येक प्राणी को देता है, वह जीवन भर उसके पास रहता है।

ईश्वर के पांच मूल्यवान उपहार : सादगी, सच्चाई, सुमिरन, सेवा, सत्संग की तुलना मनुष्य प्रदत्त किसी उपहार से नहीं हो सकती है।

ईश्वर की इच्छा : जब तक ईश्वर की इच्छा नहीं होगी, तब तक तुम्हारे साथ अच्छा या बुरा कभी नहीं हो सकता। जब तक तुम ईश्वर की शरण में हो, तो कोई चाहकर भी तुम्हें हानि नहीं पहुंचा सकता।

आत्मसमर्पण : जो पूरी तरह से मेरे प्रति समर्पित हो चुका है, जो

श्रद्धा-विश्वासपूर्वक मेरी पूजा करता है, जो मुझे सदैव याद करता है और जो निरन्तर मेरे इस स्वरूप का ध्यान करता है, उसे मोक्ष प्रदान करना मेरा विशिष्ट गुण है।

सार-तत्त्व : केवल ब्रह्म ही सार-तत्त्व है और संसार नश्वर है।

संसार में वस्तुत: हमारा कोई नहीं, चाहे वह पुत्र हो, पिता हो या पत्नी ही क्यों न हो।

भलाई : यदि तुम भलाई के कार्य करते हो तो भलाई सचमुच में तुम्हारा अनुसरण करेगी।

सौन्दर्य : हमको किसी भी व्यक्ति की सुंदरता अथवा कुरूपता से परेशान नहीं होना चाहिए, बल्कि उसके रूप में निहित ईश्वर पर ही मुख्य रूप से अपना ध्यान केन्द्रित करना चाहिए।

दक्षिणा : दक्षिणा (श्रद्धापूर्वक भेंट) देने से वैराग्य में बढ़ोत्तरी होती है और वैराग्य के द्वारा भक्ति की वृद्धि होती है।

मोक्ष : मोक्ष की आशा में आध्यात्मिक ज्ञान की खोज में, मोक्ष प्राप्ति के लिए गुरु-चरणों की सेवा अनिवार्य है।

दान : दाता देता है यानी वह भविष्य में अच्छी फसल काटने के लिए बीज बोता है। धन को धर्मार्थ कार्यों का साधन बनाना चाहिए। यदि यह पहले नहीं दिया गया है तो अब तुम उसे नहीं पाओगे। अतएव धन पाने का उत्तम मार्ग दान देना है।

सेवा : इस धारणा के साथ सेवा करना कि मैं स्वतंत्र हूं, सेवा करूं या न करूं, सेवा नहीं है। शिष्य को यह जानना चाहिए कि उसके शरीर पर उसका नहीं बल्कि उसके 'गुरु' का अधिकार है और इस शरीर का अस्तित्व केवल 'गुरु' की सेवा करने में ही सार्थक है।

शोषण: किसी को किसी से भी मुफ्त में कोई काम नहीं लेना चाहिए। काम

करने वाले को उसके काम के बदले शीघ्र और उदारतापूर्वक पारिश्रमिक देना चाहिए।

अन्नदान : यह निश्चित समझो कि जो भूखे को भोजन कराता है, वह वास्तव में उस भोजन द्वारा मेरी सेवा करता है। इसे अटल सत्य समझो।

भोजन : इस मस्जिद में बैठकर मैं कभी असत्य नहीं बोलूंगा। इसी तरह मेरे ऊपर दया करते रहो। पहले भूखे को रोटी दो, फिर तुम स्वयं खाओ। इस बात को गांठ बांध लो।

बुद्धिमान : जिसे ईश्वर की कृपालुता (दया) का वरदान मिल चुका है, वह फालतू (ज्यादा) बातें नहीं किया करता। भगवान की दया के अभाव में व्यक्ति अनावश्यक बातें करता है।

झगड़े : यदि कोई व्यक्ति तुम्हारे पास आकर तुम्हें गालियां देता है या दण्ड देता है, तो उससे झगड़ा मत करो। यदि तुम इसे सहन नहीं कर सकते तो उससे एक-दो सरलतापूर्वक शब्द बोलो अथवा उस स्थान से हट जाओ, लेकिन उससे हाथापाई (झगड़ा) मत करो।

वासना : जिसने वासनाओं पर विजय नहीं प्राप्त की है, उसे प्रभु के दर्शन (आत्म-साक्षात्कार) नहीं हो सकते।

पाप : मन-वचन-कर्म द्वारा दूसरों के शरीर को चोट पहुंचाना पाप है और दूसरे को सुख पहुंचाना पुण्य है, भलाई है।

सहिष्णुता : सुख और दुख तो हमारे पूर्वजन्म के कर्मों के फल हैं। इसलिए जो भी सुख-दुःख सामने आये, उसे अविचल रहकर सहन करो।

सत्य : तुम्हें सदैव सत्य ही बोलना चाहिए। फिर चाहे तुम जहां भी रहो और हर समय मैं सदा तुम्हारे साथ ही रहूंगा।

एकत्व : राम और रहीम दोनों एक ही थे और समान थे। उन दोनों में किंचित मात्र भी भेद नहीं था। तुम नासमझ लोगों को एक-दूसरे से हाथ

मिलाकर और दोनों समुदायों को एक साथ मिलकर रहना चाहिए। बुद्धिमानी के साथ एक-दूसरे से व्यवहार करो, तभी तुम अपने राष्ट्रीय एकता के उद्देश्य को पूरा कर पाओगे।

अहंकार: कौन किसका शत्रु है। किसी के लिए ऐसा मत कहो कि वह तुम्हारा शत्रु है। सभी एक हैं और वही हैं।

आधार स्तम्भ : चाहे जो हो जाये, अपने आधार स्तम्भ 'गुरु' पर दृढ़ रहो और सदैव उसके साथ एकाकार रूप में रहकर स्थित रहो।

आश्वासन : यदि कोई व्यक्ति सदैव मेरे नाम का उच्चारण करता है तो मैं उसकी समस्त इच्छाएं पूरी करूंगा। यदि वह निष्ठापूर्वक मेरी जीवन गाथाओं और लीलाओं का गायन करता है, तो मैं सदैव उसके आगे-पीछे, दायें-बायें सदैव उपस्थित रहूंगा।

मन-शक्ति : चाहे संसार उलट-पलट क्यों न हो जाये, तुम अपने स्थान पर स्थित बने रहो। अपनी जगह पर खड़े रहकर या स्थित रहकर शांतिपूर्वक अपने सामने से गुजरते हुए सभी वस्तुओं के दृश्यों को अविचलित देखते रहो।

भक्ति : वेदों के ज्ञान अथवा महान ज्ञानी (विद्वान) के रूप में प्रसिद्धि अथवा औपचारिकता भजन (उपासना) का कोई महत्त्व नहीं है, जब तक उसमें भक्ति का योग न हो।

भक्त और भक्ति : जो भी कोई प्राणी अपने परिवार के प्रति अपने कर्तव्य और उत्तरदायित्वों का निर्वाह करने के बाद, निष्काम भाव से मेरी शरण में आ जाता है। जिसे मेरी भक्ति बिना यह संसार सुना-सुना जान पड़ता है, जो दिन रात मेरे नाम का जप करता है, मैं उसकी इस अमूल्य भक्ति का ऋण, उसकी मुक्ति करके चुका देता हूं।

भाग्य : जिसे दण्ड निर्धारित है, उसे दण्ड अवश्य मिलेगा। जिसे मरना है, वह मरेगा। जिसे प्रेम मिलना है उसे प्रेम मिलेगा। यह निश्चित जानो।

नाम स्मरण : यदि तुम नित्य 'राजाराम-राजाराम' रटते रहोगे तो तुम्हें शांति प्राप्त होगी और तुमको लाभ होगा।

अतिथि सत्कार : पूर्व ऋणानुबन्ध के बिना कोई भी हमारे संपर्क में नहीं आता। पुराने जन्म के बकाया लेन-देन 'ऋणानुबन्ध' कहलाता है। इसलिए कोई कुत्ता, बिल्ली, सूअर, मक्खियां अथवा कोई जीव तुम्हारे पास आता है, तो उसे दुत्कार कर भगाओ मत।

गुरु : अपने गुरु के प्रति अडिग श्रद्धा रखो। अन्य गुरूओं में चाहे जो भी गुण हों और तुम्हारे गुरु में चाहे जितने कम गुण हों।

आत्मानुभव: हमको स्वयं वस्तुओं का अनुभव करना चाहिए। किसी विषय में दूसरे के पास जाकर उसके विचार या अनुभवों के बारे में जानने की क्या आवश्यकता है।

गुरु-कृपा : मां कछुवी नदी के दूसरे किनारे पर रहती है और उसके छोटे-छोटे बच्चे दूसरे किनारे पर। कछुवी न तो उन बच्चों को दूध पिलाती है और न ही उष्णता प्रदान करती है। पर उसकी दृष्टिमात्र ही उन्हें उष्णता प्रदान करती है। वे छोटे-छोटे बच्चे अपनी मां को याद करने के अलावा कुछ नहीं करते। कछुवी की दृष्टि उसके बच्चों के लिए अमृत वर्षा है, उनके जीवन का एकमात्र आधार है, वही उनके सुख का भी आधार है। गुरु और शिष्य के परस्पर सम्बन्ध भी इसी प्रकार हैं।

सहायता : जो भी अहंकार त्याग करके, अपने को कृतज्ञ मानकर साईं पर पूर्ण विश्वास करेगा और जब भी वह अपनी मदद के लिए साईं को पुकारेगा तो उसके कष्ट स्वयं ही अपने आप दुर हो जाएंगे। ठीक उसी प्रकार यदि कोई तुमसे कुछ मांगता है और वह वस्तु देना तुम्हारे हाथ में है या उसे देने की सामर्थ्य तुममें है और तुम उसकी प्रार्थना स्वीकार कर सकते हो, तो वह वस्तु उसे दो। मना मत करो। यदि उसे देने के लिए तुम्हारे पास कुछ नहीं है तो उसे नम्रतापूर्वक इंकार कर दो, पर उसका उपहास मत उड़ाओ और न ही उस पर क्रोध करो। ऐसा करना साईं के आदेश पर चलने के समान है।

विवेक : संसार में दो प्रकार की वस्तुएं हैं : अच्छी और आकर्षक। ये दोनों ही मनुष्य द्वारा अपनाये जाने के लिए उसे आकर्षित करती हैं। सोच-विचार कर इन दोनों में से कोई एक वस्तु का चुनाव करना चाहिए। बुद्धिमान व्यक्ति आकर्षक वस्तु की अपेक्षा अच्छी वस्तु का चुनाव करता है, लेकिन मूर्ख व्यक्ति लोभ और आसक्ति के वशीभूत होकर आकर्षक या सुखद वस्तु का चयन कर लेता है और परिणामतः ब्रह्मज्ञान (आत्मानुभूति) से वंचित हो जाता है।

जीवन के उतार-चढ़ाव : लाभ और हानि, जीवन और मृत्यु, भगवान के हाथों में है, लेकिन लोग कैसे उस भगवान को भूल जाते हैं, जो इस जीवन की अंत तक देखभाल करता है।

सांसारिक सम्मान : सांसारिक पद-प्रतिष्ठा प्राप्त कर भ्रमित मत हो। इष्टदेव के स्वरूप तुम्हारे मानस पटल पर सदैव अंकित रहना चाहिए। अपनी समस्त ऐन्द्रिक वासनाओं और अपने मन को सदैव भगवान की पूजा में निरंतर लगाये रखो।

जिज्ञासा प्रश्न : केवल प्रश्न पूछना ही पर्याप्त नहीं है। प्रश्न किसी अनुचित धारणा से या गुरु को फंसाने और उसकी गलतियां पकड़ने के विचार से या केवल निष्क्रिय उत्सुकतावश नहीं पूछे जाने चाहिए। प्रश्न पूछने का मुख्य उद्देश्य मोक्ष प्राप्ति अथवा आध्यात्मिकता के मार्ग में प्रगति करना होना चाहिए।

आत्मानुभूति : मैं एक शरीर हूं, इस प्रकार की धारणा केवल कोरा भ्रम है और इस धारणा के प्रति प्रतिबद्धता ही सांसारिक बंधनों का मुख्य कारण है। यदि सच में तुम आत्मानुभूति के लक्ष्य को पाना चाहते हो तो इस धारणा और आसक्ति का त्याग कर दो।

आत्मीय सुख : यदि कोई तुमसे घृणा और नफरत करता है, तो तुम स्वयं को निर्दोष मत समझो, क्योंकि तुम्हारा कोई दोष ही उसकी घृणा और नफरत का कारण बना होगा। अपने अहं की झूठी संतुष्टि के लिए उससे व्यर्थ झगड़ा

मोल मत लो, उस व्यक्ति की उपेक्षा करके, अपने उस दोष को दूर करने का प्रयास करो, जिसके कारण यह सब घटित हुआ है। यदि तुम ऐसा कर सकोगे तो तुम आत्मीय सुख का अनुभव कर सकोगे। यही सुख और प्रसन्नता का सच्चा मार्ग है।

सब जीवों का स्वामी : एक समय की बात है जब दोपहर की आरती के बाद भक्त अपने-अपने घरों की ओर लौट रहे थे। तब बाबा ने उन्हें अपनी सुमधुर वाणी में अमृतोपदेश देते हुए कहा, 'तुम कहीं भी रहो, कुछ भी करो, लेकिन इतना याद रखो कि तुम जो कुछ भी करते हो, तुम्हारी हरेक करतूत की खबर सदैव मुझे रहती है। मैं ही सब जीवों का स्वामी हूं और मैं सबके हृदयों में वास करता हूं। संसार के जितने भी जड़-चेतन जीव हैं, वे मेरे ही उदर में समाए हुए हैं। इस समस्त ब्रह्माण्ड का नियंत्रण व संचालन करने वाला भी मैं ही हूं। मैं ही संसार की उत्पत्ति करता हूं, मैं ही इसका पालन-पोषण करता हूं और मैं ही इसका संहार करता हूं। लेकिन जो लोग मेरी भक्ति करते हैं, उन्हें कोई कुछ भी संकट नहीं आयेगा। लेकिन जो मेरी भक्ति से विमुख रहते हैं, उसे माया अपने मकड़जाल में फंसा लेती है। इस संसार में सारे जीव-जंतु, संसार में दृश्यमान, विद्यमान जो कुछ भी है, वह सब मेरा ही प्रतिरूप है।' बाबा आगे कहते हैं, 'इन कथाओं को एकाग्र भाव से, प्रेम और श्रद्धा-विश्वास रखकर सुनने और स्मरण करने तथा व्यक्ति का रहस्य समझने पर जन्म-जन्मान्तरों के दुखों से मुक्ति प्राप्त होगी। साईं कृपा का बादल तुम पर बरसेगा और शुद्ध ज्ञान (आत्म-ज्ञान) तुम्हारे अंदर जागेगा। व्रत और नियमन करो। उपवास करके शरीर को कष्ट मत दो। तीर्थ-तीर्थ भटकने की भी आवश्यकता नहीं है। सिर्फ साईं बाबा की लीलाओं का श्रवण करो। ऐसा करने से तुम्हारे अज्ञान का नाश होकर मुक्ति का मार्ग खुलेगा।'

शिरडी के बारे में

शिरडी प्रसिद्ध भारतीय साधु श्री साईं बाबा का निवास स्थान था। एक छोटा शहर जो भक्ति से भरा हुआ है और जहां पूरे विश्व से लोग घूमने आते हैं। शिरडी भारत की मुख्य धार्मिक जगहों में से एक है। यह पवित्र शहर नासिक के पास महाराष्ट्र के अहमदनगर जिले में स्थित है। भारत के दूरदराज के इलाकों से भी हिन्दू और मुस्लिम यात्री यहां आते हैं। शिरडी के मुख्य आकर्षण साईं बाबा मंदिर और उनकी समाधि, यादगार द्वारका माई मस्जिद, गुरु स्थान, चवादी, लैंदी बाग, मारुति मंदिर, अब्दुल बाबा की समाधि हैं।

समाधि मंदिर

साईं बाबा के अमीर भक्त नागपुर के श्रीमंत गोपालरावत बुटी ने उनका मंदिर 1917-18 में बनवाया। वह चाहते थे कि यहां मुरलीधर श्रीकृष्ण की मूर्ति स्थापित हो, पर साईं बाबा भी एक देवता हो गये और जब वो गुजर गये तो उनकी यादगार समाधि सफेद संगमरमर से बनाई गई थी। इस मंदिर को साईं बाबा मंदिर के नाम से भी जाना जाता है। इसमें विशिष्ट चांदी के खम्बे लगे हैं जिन पर कलाकारी की गई है। इस मंदिर के सामने सभागार का एक हिस्सा साईं बाबा द्वारा इस्तेमाल की गई वस्तुओं को दर्शाता है। यह शिरडी में एक मुख्य पर्यटन स्थल बन गया है। विख्यात पर्यटन स्थल होने के कारण यहां पूरे साल लोगों द्वारा घूमा जाता है।

द्वारका माई

यह मस्जिद साईं बाबा के रहने के लिए प्रयोग हुई, जब वो दूसरी बार शिरडी आए। यह साईं मंदिर के अन्दर जाने के रास्ते से दाएं तरफ है। शिरडी की पवित्र जगहों में से एक इस मस्जिद के चारों तरफ यात्रियों द्वारा परिक्रमा की

जाती है। इस मस्जिद में एक शिला है, जिस पर साईं बाबा एक बार बैठे थे। यह अचभिंत करने वाला है कि यहां वह पवित्र आग है जिसे साईं बाबा ने जलाया था, वो अभी तक जल रही है।

गुरु स्थान

शिरडी में घूमने लायक जगहों में यह स्थान महत्वपूर्ण है। यह वह जगह है जहां साईं बाबा एक बाल संन्यासी के रूप में आए और गहरे चिन्तन में नीम के पेड़ के नीचे बैठ गये। इसलिए यह जगह गुरु स्थान के नाम से जानी गई है। इसका नवीकरण भी किया गया है। यहां स्थित छोटे सिंहासन पर एक उठे चबूतरे के ऊपर साईं बाबा की एक बड़ी सी तस्वीर लगी है।

चावडी

यह वह जगह है जहां साईं बाबा द्वारका माई से चवादी लौटने पर सोते थे। हर गुरुवार एक जुलूस चवादी से निकलता है, जिसमें साईं बाबा की चीजें जैसे बाबा की तस्वीर, पवित्र पादुका, चप्ल लौ और सतक शामिल होती है।

लैंदी बाग

यह एक प्रसिद्ध बाग है, जहां साईं बाबा रोज जाते थे और पेड़ पौधों को पानी देते थे। बाग में एक नीम का पेड़ है, जहां वो आराम करते थे। उसके निकट ही नन्दीप दीया है जो बाबा द्वारा हर रोज जलाया जाता था। उनके द्वारा खोदा गया गड्ढा अब संगमरमर के द्वीप गृह प्रकाश घर में बदल दिया गया है जिसमें एक शीशे का बक्सा है जिसमें अभी तक दिया जल रहा है।

अब्दुल बाबा की समाधि

अब्दुल साईं बाबा के भक्तों में एक था, जो उनके लिए कुरान पढ़ता था। श्री साईं मंदिर के पास उसकी समाधि स्थित है। यह शिरडी में पर्यटन का मुख्य आकर्षण है जिसमें उसके और साईं बाबा के द्वारा प्रयोग की गईं वस्तुएं रखी गयी हैं।

शिरडी का इतिहास

महान सन्त साईं बाबा से ही शिरडी का इतिहास जुड़ा है। यह शहर एक धार्मिक

और आध्यात्मिक केन्द्र है, जहां उन्हें प्रख्यात साईं उपनाम एक म्हालसापति नाम के गांव वाले ने दिया था। एक साधारण जिंदगी जीते हुए साईं बाबा एक भिखारी की तरह रहते थे। हिन्दू और मुस्लिम समुदाय के भक्त उनका अनुसरण करते हैं। इस संत के प्राकृतिक उपचारों ने बहुत से लोगों के घाव ठीक किए। पूरा शहर इस संत की शालीनता को महसूस करता था, जो विष्णु देहधारी माने जाते थे।

अनुकूल मौसम, जलवायु और पहनावा

शिरडी में सूखा मौसम रहता है। गर्म गर्मियां और ठंडी सर्दियों के साथ गर्मी में तापमान 40 तक जा सकता है। गर्मी में सूती कपड़े पहनने चाहिए और सर्दियों में हल्के ऊनी कपड़े। शिरडी घूमने के लिए सितम्बर से अप्रैल के बीच का मौसम ठीक माना जाता है।

महातीर्थ बनी शिरडी

शिरडी के साईंबाबा आज असंख्य लोगों के आराध्यदेव बन चुके हैं। उनकी कीर्ति दिन दोगुनी-रात चौगुनी बढ़ती जा रही है। यद्यपि बाबा के द्वारा नश्वर शरीर को त्यागे हुए अनेक वर्ष बीत चुके हैं, परंतु वे अपने भक्तों का मार्गदर्शन करने के लिए आज भी सूक्ष्म रूप से विद्यमान हैं। शिरडी में बाबा की समाधि से भक्तों को अपनी शंका और समस्या का समाधान मिलता है। बाबा की दिव्य शक्ति के प्रताप से शिरडी अब महातीर्थ बन गई है।

कहा जाता है कि सन् 1854 ई. में पहली बार बाबा जब शिरडी में देखे गए, तब वे लगभग सोलह वर्ष के थे। शिरडी के नाना चोपदार की वृद्ध माता ने उनका वर्णन इस प्रकार किया है : एक तरुण, स्वस्थ, फुर्तीला तथा अति सुंदर बालक सर्वप्रथम नीम के वृक्ष के नीचे समाधि में लीन दिखाई पड़ा। उसे सर्दी-गर्मी की जरा भी चिंता नहीं थी। इतनी कम उम्र में उस बालयोगी को अति कठिन तपस्या करते देखकर लोगों को बड़ा आश्चर्य हुआ। दिन में वह साधक किसी से भेंट नहीं करता था और रात में निर्भय होकर एकांत में घूमता था। गांव के लोग जिज्ञासावश उससे पूछते थे कि वह कौन है और उसका कहां से आगमन हुआ है। उस नवयुवक के व्यक्तित्व से प्रभावित होकर लोग उसकी

तरफ सहज ही आकर्षित हो जाते थे। वह सदा नीम के पेड़ के नीचे बैठा रहता था और किसी के भी घर नहीं जाता था। यद्यपि वह देखने में नवयुवक लगता था तथापि उसका आचरण महात्माओं के सदृश था। वह त्याग और वैराग्य का साक्षात् मूर्तिमान स्वरूप था।

कुछ समय शिरडी में रहकर वह तरुण योगी किसी से कुछ कहे बिना वहां से चला गया। कई वर्ष बाद चांद पाटिल की बारात के साथ वह योगी पुनः शिरडी पहुंचा। खंडोबा के मंदिर के पुजारी म्हालसापति ने उस फकीर का जब 'आओ साईं' कहकर स्वागत किया, तब से उनका नाम 'साईं बाबा' पड़ गया। शादी हो जाने के बाद वे चांद पाटिल की बारात के साथ वापस नहीं लौटे और सदा-सदा के लिए शिरडी में बस गये। वे कौन थे, उनका जन्म कहां हुआ था, उनके माता-पिता का नाम क्या था, ये सब प्रश्न अनुत्तरित ही हैं। बाबा ने अपना परिचय कभी दिया नहीं। अपने चमत्कारों से उनकी प्रसिद्धि चारों ओर फैल गई और वे कहलाने लगे 'शिरडी के साईं बाबा'।

साईं बाबा ने अनगिनत लोगों के कष्टों का निवारण किया। जो भी उनके पास आया, वह कभी निराश होकर नहीं लौटा। वे सबके प्रति समभाव रखते थे। उनके यहां अमीर-गरीब, ऊंच-नीच, जाति-पाति, धर्म-मजहब का कोई भेदभाव नहीं था। समाज के सभी वर्ग के लोग उनके पास आते थे। बाबा ने एक हिंदू द्वारा बनवाई गई पुरानी मस्जिद को अपना ठिकाना बनाया और उसको नाम दिया 'द्वारका माई'। बाबा नित्य भिक्षा लेने जाते थे और बड़ी सादगी के साथ रहते थे। भक्तों को उनमें सब देवताओं के दर्शन होते थे। कुछ दुष्ट लोग बाबा की ख्याति के कारण उनसे ईर्ष्या-द्वेष रखते थे और उन्होंने कई षड्यंत्र भी रचे। बाबा सत्य, प्रेम, दया, करुणा की प्रतिमूर्ति थे। साईं बाबा के बारे में अधिकांश जानकारी श्रीगोविंदराव रघुनाथ दाभोलकर द्वारा लिखित 'श्री साईं सच्चरित्र' से मिलती है। मराठी में लिखित इस मूल ग्रंथ का कई भाषाओं में अनुवाद हो चुका है। साईंनाथ के भक्त इस ग्रंथ का पाठ अनुष्ठान के रूप में करके मनोवांछित फल प्राप्त करते हैं।

नागपुर के प्रसिद्ध धनी बाबू साहिब बूटी साईंबाबा के बड़े भक्त थे। उनके

मन में बाबा के लिए शिरडी में एक अच्छा भवन बनाने की इच्छा उत्पन्न हुई। बाबा ने बूटी साहिब को स्वप्न में एक मंदिर सहित वाड़ा बनाने का आदेश दिया तो उन्होंने तत्काल उसे बनवाना शुरू कर दिया। मंदिर में द्वारकाधीश श्रीकृष्ण की प्रतिमा स्थापित करने की योजना थी।

15 अक्टूबर सन् 1918 ई. को विजयादशमी महापर्व के दिन जब बाबा ने सीमोल्लंघन करने की घोषणा की, तब भी लोग समझ नहीं पाए कि वे अपने महाप्रयाण का संकेत कर रहे हैं। महासमाधि के पूर्व साईं बाबा ने अपनी अनन्य भक्त श्रीमती लक्ष्मीबाई शिंदे को आशीर्वाद के साथ 9 सिक्के देने के पश्चात कहा, 'मुझे मस्जिद में अब अच्छा नहीं लगता है, इसलिए तुम लोग मुझे बूटी के पत्थर वाड़े में ले चलो, जहां मैं आगे सुखपूर्वक रहूंगा।' बाबा ने महानिर्वाण से पूर्व अपने अनन्य भक्त शामा से भी कहा था : 'मैं द्वारकामाई और चावड़ी में रहते-रहते उकता गया हूं। मैं बूटी के वाड़े में जाऊंगा, जहां ऊंचे लोग मेरी देखभाल करेंगे।' विक्रम संवत् 1975 की विजयादशमी के दिन अपराह्न 2.30 बजे साईं बाबा ने महासमाधि ले ली और तब बूटी साहिब द्वारा बनवाया गया वाड़ा (भवन) बन गया उनका समाधि-स्थल। मुरलीधर श्रीकृष्ण के विग्रह की जगह कालांतर में साईं बाबा की मूर्ति स्थापित हुई।

महासमाधि लेने से पूर्व साईं बाबा ने अपने भक्तों को यह आश्वासन दिया था कि पंचतत्वों से निर्मित उनका शरीर जब इस धरती पर नहीं रहेगा, तब उनकी समाधि भक्तों को संरक्षण प्रदान करेगी। आज तक सभी भक्तजन बाबा के इस कथन की सत्यता का निरंतर अनुभव करते चले आ रहे हैं। साईं बाबा ने प्रत्यक्ष अथवा अप्रत्यक्ष रूप से अपने भक्तों को सदा अपनी उपस्थिति का बोध कराया है। उनकी समाधि अत्यन्त जागृत शक्ति-स्थल है।

साईं बाबा सदा यह कहते थे, 'सबका मालिक एक'। उन्होंने साम्प्रदायिक सद्भावना का संदेश देकर सबको प्रेम के साथ मिल-जुल कर रहने को कहा। बाबा ने अपने भक्तों को श्रद्धा और सबूरी (संयम) का पाठ सिखाया। जो भी उनकी शरण में गया उसको उन्होंने अवश्य अपनाया। विजयादशमी उनकी

पुण्यतिथि बनकर हमें अपनी बुराइयों (दुर्गुणों) पर विजय पाने के लिए प्रेरित करती है। साईं बाबा आज भी सद्गुरु के रूप में भक्तों को सही राह दिखाते हैं और उनके कष्टों को दूर करते हैं। साईंनाथ के उपदेशों में संसार के सभी धर्मों का सार है। अध्यात्म की ऐसी महान विभूति के बारे में जितना भी लिखा जाए, कम ही होगा। उनकी यश-पताका आज चारों तरफ फहरा रही है। बाबा का 'साईं' नाम मुक्ति का महामंत्र बन गया है और शिरडी महातीर्थ।

श्री साईं बाबा जी की आरती

आरती श्री साईं गुरुवर की। परमानन्द सदा सुरवर की॥
जा की कृपा विपुल सुखकारी। दुःख, शोक, संकट, भयहारी॥
शिरडी में अवतार रचाया। चमत्कार से तत्व दिखाया॥
कितने भक्त चरण पर आये। वे सुख शान्ति चिरंतन पाये॥
भाव धरै जो मन में जैसा। पावत अनुभव वो ही वैसा॥
गुरु की उदी लगावे तन को। समाधान लाभत उस मन को॥
साईं नाम सदा जो गावे। सो फल जग में शाश्वत पावे॥
गुरुवासर करि पूजा-सेवा। उस पर कृपा करत गुरुदेवा॥
राम, कृष्ण, हनुमान रूप में। दे दर्शन, जानत जो मन में॥
विविध धर्म के सेवक आते। दर्शन कर इच्छित फल पाते॥
जै बोलो साईं बाबा की। जै बोलो अवधूत गुरु की॥
'साईंदास' आरती को गावे। घर में बसि सुख, मंगल पावे॥

श्री साईंनाम स्मरण

जय ॐ, जय ॐ, जय जय ॐ, ॐ, ॐ, ॐ, ॐ, जय जय ॐ।
जय साईं, जय साईं, जय साईं ॐ, ॐ साईं, ॐ साईं, ॐ साईं।

श्री साईं प्रार्थना

साईं कृपा से व्रत कथा लिखवाई, भक्तों के हाथों में पहुंची।
साईं गुरुवार व्रत करे जो कोई, उसका कल्याण तो हरदम होई।
घर बार सुख शांति होवे, साईं ध्यान करे जो सोवे।
भोग लगावे निसदिन बाबा को जोई, उसके घर में कमी न होई।
बाबा की प्रार्थना करिए, साईं मेरे दुःख को हरिए।
शिरडी में बाबा की मूर्ति है प्यारी, भक्तों को लगे है न्यारी।
मेरे साईं मेरे बाबा, मेरा मन्दिर मेरा काबा।
राम भी तुम श्याम भी तुम हो, शिवजी का अवतार भी तुम हो।
हनुमान तुम ही हो साईं, तुम्हीं ने थी लंका जलाई।
कलियुग में तुम आए थे साईं, भक्तों का कल्याण हो जाई।
भक्तिभाव से पढ़े कथा जो, उसकी इच्छा पूरी हो जाती।
बाबा मेरे आओ साईं हमको दर्शन दिखलाओ साईं।
तुम बिन दिल नहीं लगता, आंसू का दरिया है निकलता।
जब-जब देखें तेरी मूरत, तब-तब भीग जाए मेरी मूरत।
अंधन को आंखें देते, दीन दुखी के दुख हर लेते।
तुम सा नहीं है कोई सहाई, जपते रहें हम साईं साईं।
नाम तुम्हारा मंगलकारी, भवसागर से भक्तों को तारी।
बाबा मेरे अवगुण माफ कर देना, भक्ति मेरी को ही लेना।
बाबा हम पर दया करना, अपने चरणों में ही रखना।
चरणों में तुम्हारे शीतल छाया, बचे रहेंगे न पड़ेगी मंद छाया।
हमारी बुद्धि निर्मल करना, जग की भलाई हमसे करना।
हमको साधन बना लो बाबा, दया कृपा क्षमा दो बाबा।

अज्ञानी हम बालक मंदबुद्धि, तेरी दया से हो मन की शुद्धि।
पाप ना कोई हमसे होने पाए, दुःख कोई जीव ना पाए।
हरपल भला हम करते आए, गुणगान हरपल तेरे गांए।

॥ दोहा ॥

साईं हम पर कृपा करो, बालक हैं अनजान।
मंदबुद्धि हम जीव हैं, हमको लो आन संभाल ॥ 1 ॥
व्रत आपका कर रहे, दो आशीष यह आन।
विघ्न पड़े न इसमें कोई, कृपा करो दीनदयाल ॥ 2 ॥

श्री साईं वन्दना

यह सौंप दिया सारा जीवन, साईंनाथ तुम्हारे चरणों में।
अब जीत तुम्हारे चरणों में, अब हार तुम्हारे चरणों में ॥
मैं जग में रहूं तो ऐसे रहूं, ज्यों जल में कमल का फूल रहे।
मेरे अवगुण दोष समर्पित हों, हे नाथ तुम्हारे चरणों में ॥
अब सौंप दिया...

मेरा निश्चय है बस एक यही, इक बार तुम्हें मैं पा जाऊं।
अर्पित कर दूं दुनियाभर का सब प्यार तुम्हारे चरणों में ॥
अब सौंप दिया...

जब-जब मानव का जन्म मिले, तब-तब चरणों का पुजारी बनूं।
इस सेवक की एक-एक रग का हो तार तुम्हारे हाथ में ॥
अब सौंप दिया...

मुझमें तुममें भेद यही, मैं नर हूं, तुम नारायण हो।
मैं हूं संसार के हाथों में, संसार तुम्हारे चरणों में ॥
अब सौंप दिया...

श्री साईं चालीसा

पहले साईं के चरणों में, अपना शीश नवाऊं मैं।
कैसे शिरडी साईं आए, सारा हाल सुनाऊं मैं॥

कौन है माता, पिता कौन है, ये न किसी ने भी जाना।
कहा जन्म साईं ने धारा, प्रश्न पहेली रहा बना॥
कोई कहे अयोध्या के, ये रामचंद्र भगवान हैं।
कोई कहता साईं बाबा, पवन पुत्र हनुमान हैं॥

कोई कहता मंगल मूर्ति, श्री गजानंद हैं साईं।
कोई कहता गोकुल मोहन, देवकी नन्दन हैं साईं ॥

शंकर समझे भक्त कई तो, बाबा को भजते रहते।
कोई कह अवतार दत्त का, पूजा साईं की करते॥

कुछ भी मानो उनको तुम, पर सांई हैं सच्चे भगवान।
बड़े दयालु दीनबंधु, कितनों को दिया जीवन दान॥

कई वर्ष पहले की घटना, तुम्हें सुनाऊंगा मैं बात।
किसी भाग्यशाली की, शिरडी में आई थी बारात॥

आया साथ उसी के था, बालक एक बहुत सुन्दर।
आया, आकर वहीं बस गया, पावन शिरडी किया नगर॥

कई दिनों तक भटकता, भिक्षा मांग उसने दर-दर।
और दिखाई ऐसी लीला, जग में जो हो गई अमर॥

जैसे-जैसे अमर उमर बढ़ी, बढ़ती ही वैसे गई शान।
घर-घर होने लगा नगर में, साईं बाबा का गुणगान॥

दिग् दिगंत में लगा गूंजने, फिर तो साईं जी का नाम।
दीन-दुखी की रक्षा करना, यही रहा बाबा का काम॥

बाबा के चरणों में जाकर, जो कहता मैं हूं निर्धन।
दया उसी पर होती उनकी, खुल जाते दुःख के बंधन॥

कभी किसी ने मांगी भिक्षा, दो बाबा मुझको संतान।
एव अस्तु तब कहकर साईं, देते थे उसको वरदान॥

स्वयं दुःखी बाबा हो जाते, दीन-दुःखी जन का लख हाल।
अन्तःकरण श्री साईं का, सागर जैसा रहा विशाल॥

भक्त एक मद्रासी आया, घर का बहुत बड़ा धनवान।
माल खजाना बेहद उसका, केवल नहीं रही संतान॥

लगा मनाने साईंनाथ को, बाबा मुझ पर दया करो।
झंझा से झंकृत नैया को, तुम्हीं मेरी पार करो॥

कुलदीपक के बिना अंधेरा, छाया हुआ घर में मेरे।
इसलिए आया हूं बाबा, होकर शरणागत तेरे॥

कुलदीपक के अभाव में, व्यर्थ है दौलत की माया।

आज भिखारी बनकर बाबा, शरण तुम्हारी मैं आया॥

दे-दो मुझको पुत्र-दान, मैं ऋणी रहूंगा जीवन भर।
और किसी की आशा न मुझको, सिर्फ भरोसा है तुम पर॥

अनुनय-विनय बहुत की उसने, चरणों में धर के शीश।
तब प्रसन्न होकर बाबा ने, दिया भक्त को यह आशीष॥

अल्लाह भला करेगा, तेरा पुत्र जन्म हो तेरे घर।
कृपा रहेगी तुझ पर उसकी, और तेरे उस बालक पर॥

अब तक नहीं किसी ने पाया, साईं की कृपा का पार।
पुत्र रत्न दे मद्रासी को, धन्य किया उसका संसार॥

तन-मन से जो भजे उसी का, जग में होता है उद्धार।
सांच को आंच नहीं है कोई, सदा झूठ की होती हार॥

मैं हूं सदा सहारे उसके, सदा रहूंगा उसका दास।
साईं जैसा प्रभु मिला है, इतनी ही कम है क्या आस॥

मेरा भी दिन था एक ऐसा, मिलती नहीं मुझे रोटी।
तन पर कपड़ा दूर रहा था, शेष रही नन्हीं सी लंगोटी॥

सरिता सम्मुख होने पर भी, मैं प्यासा का प्यासा था।
दुर्दिन मेरा मेरे ऊपर, दावाग्नी बरसाता था॥

धरती के अतिरिक्त जगत में, मेरा कुछ अवलम्ब न था।
बना भिखारी मैं दुनिया में, दर-दर ठोकर खाता था॥

ऐसे में एक मित्र मिला जो, परम भक्त साईं का था।
जंजालों से मुक्त मगर, जगती में वह भी मुझसा था॥

बाबा के दर्शन की खातिर, मिल दोनों ने किया विचार।
साईं जैसे दया मूर्ति के, दर्शन को हो गए तैयार॥

पावन शिरडी नगर में जाकर, देख मतवाली मूरति।
धन्य जन्म हो गया कि हमने, जब देखी साईं की सूरति॥

जब से किए हैं दर्शन हमने, दुःख सारा काफूर हो गया।
संकट सारे मिटै और, विपदाओं का अन्त हो गया॥

मान और सम्मान मिला, भिक्षा में हमको बाबा से।
प्रतिबिम्बित हो उठे जगत में, हम साईं की आभा से॥

बाबा ने सम्मान दिया है, मान दिया इस जीवन में।
इसका ही संबल ले मैं, हंसता जाऊंगा जीवन में॥

साईं की लीला का मेरे, मन पर ऐसा असर हुआ।
लगता जगती के कण-कण में, जैसे हो वह भरा हुआ॥

काशीराम बाबा का भक्त, शिरडी में रहता था।
मैं साईं का साईं मेरा, वह दुनिया से कहता था॥

सीकर स्वयं वस्त्र बेचता, ग्राम-नगर बाजारों में।
झंकृत उसकी हृदय तंत्री थी, साईं की झंकारों में॥

स्तब्ध निशा थी, थे सोये, रजनी आंचल में चांद सितारे।

नहीं सूझता रहा हाथ को हाथ तिमिर के मारे॥

वस्त्र बेचकर लौट रहा था, हाय ! हाट से काशी।
विचित्र बड़ा संयोग कि उस दिन, आता था एकाकी॥

घेर राह में खड़े हो गए, उसे अति कुटिल अन्यायी।
मारो काटो लूटो इसकी ही, ध्वनि पड़ी सुनाई॥

लूट पीटकर उसे वहां से कुटिल गए चम्पत हो।
आघातों में मर्माहत हो, उसने दी संज्ञा खो॥

बहुत देर तक पड़ा रह वह, वहीं उसी हालत में।
जाने कब कुछ होश हो उठा, वहीं उसकी पलक में॥

अनजाने ही उसके मुंह से, निकल पड़ा था साईं।
जिसकी प्रतिध्वनि शिरडी में, बाबा को पड़ी सुनाई॥

क्षुब्ध हो उठा मानस उनका, बाबा गए विकल हो।
लगता जैसे घटना सारी, घटी उन्हीं के सम्मुख हो॥

उन्मादी से इधर-उधर तब, बाबा लगे भटकने।
सम्मुख चीजें जो भी आई, उनको लगे पटकने॥

और धधकते अंगारों में, बाबा ने अपना कर डाला।
हुए सशंकित सभी वहां, लख ताण्डव नृत्य निराला॥

समझ गए सब लोग, कि कोई भक्त पड़ा संकट में।
क्षुभित खड़े थे सभी वहां, पर पड़े हुए विस्मय में॥

उसे बचाने की ही खातिर, बाबा आज विकल है।
उसकी ही पीड़ा से पीडित, उनकी अन्तःस्थल है॥

इतने में ही विविध ने अपनी, विचित्रता दिखलाई।
लख कर जिसको जनता की, श्रद्धा सरिता लहराई॥

लेकर संज्ञाहीन भक्त को, गाड़ी एक वहां आई।
सम्मुख अपने देख भक्त को, साईं की आंखें भर आई॥

शांत, धीर, गंभीर, सिन्धु सा, बाबा का अन्तःस्थल।
आज न जाने क्यों रह-रहकर, हो जाता था चंचल॥

आज दया की मूर्त स्वयं था, बना हुआ उपचारी।
और भक्त के लिए आज था, देव बना प्रतिहारी॥

आज भक्त की विषम परीक्षा में, सफल हुआ था काशी।
उसके ही दर्शन की खातिर थे, उमड़े नगर-निवासी॥

जब भी और जहां भी कोई, भक्त पड़े संकट में।
उसकी रक्षा करने बाबा, आते हैं पलभर में॥

युग-युग का है सत्य यह, नहीं कोई नई कहानी।
आपतग्रस्त भक्त जब होता, जाते खुद अन्तर्यामी॥

भेदभाव से परे पुजारी, मानवता के थे साईं।
जितने प्यारे हिन्दू-मुस्लिम, उतने ही थे सिक्ख ईसाई॥

भेद-भाव मंदिर-मस्जिद का, तोड़-फोड़ बाबा ने डाला।

राम रहीम सभी उनके थे, कृष्ण करीम अल्लाताला॥

घंटे की प्रतिध्वनि से गूंजा, मस्जिद का कोना-कोना।
मिले परस्पर हिन्दू-मुस्लिम, प्यार बढ़ा दिन-दिन दूना॥

चमत्कार था कितना सुन्दर, परिचय इस काया ने दी।
और नीम कडुवाहट में भी, मिठास बाबा ने भर दी॥

सब को स्नेह दिया साईं ने, सबको संतुल प्यार किया।
जो कुछ जिसने भी चाहा, बाबा ने उसको वही दिया॥

ऐसे स्नेहशील भाजन का, नाम सदा जो जपा करे।
पर्वत जैसा दुःख न क्यों हो, पलभर में वह दूर टरे॥

साईं जैसा दाता हमने, अरे नहीं देखा कोई।
जिसके केवल दर्शन से ही, सारी विपदा दूर गई॥

तन में साईं, मन में साईं, साईं-साईं भजा करो।
अपने तन की सुधिबुधि खो, सुधि उसकी तुम किया करो॥

जब तू अपनी सुधि तज, बाबा की सुधि किया करेगा।
और रात-दिन बाबा-बाबा, ही तू रटा करेगा॥

तो बाबा को अरे ! विवश हो, सुधि तेरी लेनी ही होगी।
तेरी हर इच्छा बाबा को पूरी ही करनी होगी॥

जंगल, जंगल भटक न पागल, और ढूंढने बाबा को।
एक जगह केवल शिरडी में, तू पाएगा बाबा को॥

धन्य जगत में प्राणी है वह, जिसने बाबा को पाया।
दुःख में, सुख में प्रहर आठ हो, साईं का ही गुण गाया॥

गिरे संकटों के पर्वत, चाहे बिजली ही टूट पड़े।
साईं का ले नाम सदा तुम, सम्मुख सब के रहो अड़े॥

इस बूढ़े की सुन करामात, तुम हो जाओगे हैरान।
दंग रह गए सुनकर जिसको, जाने कितने चतुर सुजान॥

एक बार शिरडी में साधु, ढोंगी था कोई आया।
भोली-भाली नगर-निवासी, जनता को था भरमाया॥

जड़ी-बूटियां उन्हें दिखाकर, करने लगा वह भाषण।
कहने लगा सुनो श्रोतागण, घर मेरा है वृन्दावन॥

औषधि मेरे पास एक है, और अजब इसमें शक्ति।
इसके सेवन करने से ही, हो जाती दुःख से मुक्ति॥

अगर मुक्त होना चाहो, तुम संकट से बीमारी से।
तो है मेरा नम्र निवेदन, हर नर से, हर नारी से॥

लो खरीद तुम इसको, इसकी सेवन विधियां हैं न्यारी।
यद्यपि तुच्छ वस्तु है यह, गुण उसके हैं अति भारी॥

जो है संतान हीन यहां यदि, मेरी औषधि को खाए।
पुत्र-रत्न हो प्राप्त, अरे वह मुंह मांगा फल पाए॥

औषधि मेरी जो न खरीदे, जीवन भर पछताएगा।

मुझ जैसा प्राणी शायद ही, अरे यहां आ पाएगा॥

दुनिया दो दिनों का मेला है, मौज शौक तुम भी कर लो।
अगर इससे मिलता है सब कुछ, तुम भी इसको ले लो॥

हैरानी बढ़ती जनता की, लख इसकी कारस्तानी।
प्रमुदित वह भी मन-ही-मन था, लख लोगों की नादानी॥

खबर सुनाने बाबा को यह, गया दौड़कर सेवक एक।
सुनकर भृकुटी तनी और, विस्मरण हो गया सभी विवेक॥

हुक्म दिया सेवक को, सत्वर पकड़ दुष्ट को लाओ।
या शिरडी की सीमा से, कपटी को दूर भगाओ॥

मेरे रहते भोली-भाली, शिरडी की जनता को।
कौन नीच ऐसा जो, साहस करता है छलने को॥

पलभर में ऐसे ढोंगी, कपटी नीच लुटेरे को।
महानाश के महागर्त में पहुंचा, दूं जीवन भर को॥

तनिक मिला आभास मदारी, क्रूर, कुटिल अन्यायी को।
काल नाचता है अब सिर पर, गुस्सा आया साईं को॥

पलभर में सब खेल बंद कर, भागा सिर पर रखकर पैर।
सोच रहा था मन ही मन, भगवान नहीं है अब खैर॥

सच है साईं जैसा दानी, मिल न सकेगा जग में।
अंश ईश का साईं बाबा, उन्हें न कुछ भी मुश्किल जग में॥

स्नेह, शील, सौजन्य आदि का, आभूषण धारण कर।
बढ़ता इस दुनिया में जो भी, मानव सेवा के पथ पर॥

वही जीत लेता है जगती के, जन जन का अन्तःस्थल।
उसकी एक उदासी ही, जग को कर देती है विह्वल॥

जब-जब जग में भार पाप का, बढ़-बढ़ ही जाता है।
उसे मिटाने की ही खातिर, अवतारी ही आता है॥

पाप और अन्याय सभी कुछ, इस जगती का हर के।
दूर भगा देता दुनिया के, दानव को क्षण भर के॥

ऐसे ही अवतारी साईं, मृत्युलोक में आकर।
समता का यह पाठ पढ़ाया, सबको अपना आप मिटाकर॥

नाम द्वारका मस्जिद का, रखा शिरडी में साईं ने।
पाप, ताप, संताप मिटाया, जो कुछ आया साईं ने॥

सदा याद में मस्त राम की, बैठे रहते थे साईं।
पहर आठ ही राम नाम को, भजते रहते थे साईं॥

सूखी-रूखी ताजी बासी, चाहे या होवे पकवान।
सौदा प्यार के भूखे साईं की, खातिर थे सभी समान॥

स्नेह और श्रद्धा से अपनी, जन जो कुछ दे जाते थे।
बड़े चाव से उस भोजन को, बाबा पावन करते थे॥

कभी-कभी मन बहलाने को, बाबा बाग में जाते थे।

प्रमुदित मन में निरख प्रकृति, छटा को वे होते थे॥

रंग-बिरंगे पुष्प बाग के, मंद-मंद हिल-डुल करके।
बीहड़ वीराने मन में भी स्नेह सलिल भर जाते थे॥

ऐसी समुधुर बेला में भी, दुख आपात, विपदा के मारे।
अपने मन की व्यथा सुनाने, जन रहते बाबा को घेरे॥

सुन जिनकी करूण कथा को, नयन कमल भर आते थे।
दे विभूति हर व्यथा, शांति, उनके उर में भर देते थे॥

जाने क्या अद्भुत शक्ति, उस विभूति में होती थी।
जो धारण करते मस्तक पर, दुःख सारा हर लेती थी॥

धन्य मनुज वे साक्षात् दर्शन, जो बाबा साईं के पाए।
धन्य कमल कर उनके जिनसे, चरण-कमल वे परसाए॥

काश निर्भय तुमको भी, साक्षात् साईं मिल जाता।
वर्षों से उजड़ा चमन अपना, फिर से आज खिल जाता॥

गर पकड़ता मैं चरण श्री के, नहीं छोड़ता उम्रभर॥
मना लेता मैं जरूर उनको, गर रूठते साईं मुझ पर॥

॥ इति श्री साईं चालीसा समाप्त ॥

हिन्दू सुधार आंदोलन और शिरडी के साईं

दयानंद सरस्वती : हिन्दू समाज में फैली कुप्रथाओं और बुराइयों को लेकर दयानंद सरस्वती सदा बैचेन रहते थे। वह इस बात के लिए भी सदा चिंतित रहते थे कि हिन्दू अपने वैदिक धर्म से हटकर पुराणिकों के धर्म का अनुयायी बन गया है। इसके अलावा वह इस बात से भी दुखी थे कि हिन्दू समाज के बहुत से लोग मुसलमान और ईसाई बन गए थे।

इन्हीं सारी चिंताओं को लेकर वेदों, संस्कृत व्याकरण, वैदिक भाष्यों के प्रकांड विद्वान दयानंद सरस्वती ने 1875 में आर्य और वैदिक संस्कृति का पुनर्जागरण का आंदोलन चलाया। उन्होंने जो हिन्दू मुसलमान और ईसाई बन गए थे उनकी घर वापसी को लेकर भी एक शुद्धि आंदोलन का सूत्रपात किया। लेकिन उनका आंदोलन आज महज आर्य समाज बनकर रह गया। वो आर्य समाज जिसकी कोख से लाला लाजपत राय, भगत सिंह, सरदार पटेल जैसे होनहार सपूत पैदा हुए। उनकी शिक्षाओं व आदर्शों पर स्थापित दयानंद एंग्लो वैदिक कॉलेज (डीएवी) युवाओं की नई पौध में आज देशभक्ति का हुनर भर रहे हैं।

राजा राममोहन राय : 19वीं सदी की शुरुआत में राजा साहेब का ब्रह्म समाज स्थापित हिन्दू सुधार आंदोलन था। उन्होंने हिन्दू और राष्ट्रीय एकीकरण के लिए अथक प्रयास किए, साथ ही इस आंदोलन ने स्वतंत्रता की सर्वव्यापी भावना का सूत्रपात किया। राजा राममोहन राय ने ईश्वरीय ऐक्य 'एकमेवाद्वितीयम' को स्थापित करने का प्रयास किया। वेदों की राह पर चलकर उन्होंने कहा, 'ब्रह्म ही सत्य है।' उन्होंने समाज की बहुत सी बुराइयों को खत्म किया जैसे सती प्रथा, जाति प्रथा आदि। लेकिन उनका आंदोलन

महज 'ब्रह्म समाज' बनकर ही रह गया और यह आजकल भवनों के अंदर ही चल रहा है।

स्वामी विवेकानन्द : विवेकानंद भी वैदिक परंपरा से थे। विवेकानंद की अद्वैत दर्शन पर की गई टीकाएं, परंपरागत विज्ञान, परंपराओं, भारतीय दर्शन पर निष्कर्ष आज भी अध्ययन का विषय हैं। वे भी चाहते थे कि हिन्दू समाज बदले और वेदों की राह पर चले लेकिन यह नहीं हो पाया। रामकृष्ण मिशन का उद्देश्य भी यही था कि सभी लोग सिर्फ वेद पर कायम रहें। लेकिन उनका मिशन सिर्फ एक मिशन ही रह गया।

स्वामी चैतन्य महाप्रभु : वैष्णव संत चैतन्य महाप्रभु का नाम कौन नहीं जानता। हरे रामा हरे कृष्णा आंदोलन के ये प्रवर्तक चाहते थे कि सभी हिन्दू कृष्ण पर कायम हो जाएं तो यह हिन्दू समाज का एकीकरण हो जाएगा। इनसे पूर्व भी बंगाल में 14वीं सदी में एक संत चैतन्य महाप्रभु हुए थे। उन्होंने भी वही प्रयास किए थे। बंगाल, असम और पूर्वोत्तर राज्य में उनका आंदोलन चला, लेकिन हिन्दू उसी पुराने ढर्रे पर लोट गया।

शिरडी के साईं बाबा : शिरडी के साईं बाबा ने भी यही सोचा होगा कि लोगों को एक ही मालिक को पूजने की शिक्षा दी जाए और पुनः ब्रह्म ही सत्य है के प्राचीन नारे को चरितार्थ किया जाए। बाबा इस मामले में बहुत हद तक सफल भी हो गए हैं। हिंन्दू धर्म के विद्वान चाहते हैं कि समूचा हिन्दू समाज शिरडी के साईं से जुड़कर एक ही झंडे तले आ जाए, ताकि बाकी चीजें फिर आसान होने लगे। सबका मालिक एक। अब देखना है कि क्या साईं आंदोलन सफल हो पाएगा।

श्रीराम शर्मा आचार्य : श्रीराम शर्मा आचार्य ने नारा दिया था 'हम बदलेंगे युग बदलेगा', लेकिन सिर्फ वही बदले जो उनसे जुड़े थे। युग भी बदला लेकिन पहले से कहीं ज्यादा हिन्दू समाज अब और टूट गया। आचार्य जी चाहते थे कि हिन्दू वेदों की राह पर लौटकर जातिप्रथा को छोड़कर समता और एकता के भाव से जीए। इसके लिए उन्होंने उन लोगों को ब्राह्मण बनाया जो निचली जाति से थे। आज गायत्री परिवार

में हर जाति का व्यक्ति है, लेकिन यह आंदोलन भी बस परिवार तक ही सिमटा रहा।

इसके अलावा अरविंद घोष, महात्मा गांधी, एनी बैसेंट, महर्षि महेश योगी, बाबा रामदेव, आशाराम बापू, मोरारी बापू आदि सैकड़ों लोगों ने हिन्दू समाज से जाति प्रथा को खत्म कर सभी को एक ही झंडे तले लाने का प्रयास किया, लेकिन हिन्दू भी इतना पक्का है कि उसने सभी के आंदोलन को असफल कर दिया, क्योंकि ब्राह्मण, क्षत्रिय और वैश्य तो छोड़ों खुद दलित भी अपना प्राचीन गुण नहीं छोड़ना चाहता। अपने-अपने उपनाम और जाति से सभी चिपके हुए हैं।

♦♦♦

हिन्द पॉकेट बुक्स

न आने वाला कल

मोहन राकेश नई कहानी आन्दोलन के सशक्त हस्ताक्षर थे। वे हिन्दी के बहुमुखी प्रतिभा संपन्न नाट्य लेखक और उपन्यासकार थे। समाज के संवेदनशील व्यक्ति और समय के प्रवाह से एक अनुभूति क्षण चुनकर उन दोनों के सार्थक सम्बन्ध को खोज निकालना राकेश की रचनाओं की विशेषता है। *मोहन राकेश की डायरी* हिंदी में इस विधा की सबसे सुंदर कृतियों में से एक मानी जाती है। *आषाढ़ का एक दिन* साहित्य अकादमी से सम्मानित उनकी एक चर्चित रचना है।